Leopold Schefer

Die Deportirten

Leopold Schefer

Die Deportirten

ISBN/EAN: 9783337355142

Hergestellt in Europa, USA, Kanada, Australien, Japan

Cover: Foto ©Andreas Hilbeck / pixelio.de

Weitere Bücher finden Sie auf **www.hansebooks.com**

Leopold Schefer

Die Deportirten

Die Deportirten.

Lieben, lieben Freunde!

Da ich vielleicht Euch vielen Kummer gemacht habe, wie ich hoffe, hoffe ich nun, da die Sache so gar einen glorreichen Ausgang genommen, Euch gewiß viele Freude zu machen! Man kann Abends noch vor Schlafengehn auf dem Stiefelknechte das Bein brechen; und Ich bin um die Welt gereiset, und mir hat kein Zahn wehgethan, kein Haar ist mit gekrümmt worden! Die guten Menschen die, welche alle da rund umherwohnen, lieben, leben und sterben, Gott segne sie! Ich habe nur lauter gute Menschen gefunden! Nicht einmal eine Nachtmütze hab' ich verloren — ich hatte leider meine beste und einzige zu Hause gelassen — nur meine schwarzseidenen Strümpfe hat mir eine Art von geistlichen Herren gestohlen. Ach nein, nein, nicht gestohlen! ich habe sie ihm im Herzen viel zwanzigmal geschenkt, als ich sie an meiner Wiederherstellung des Zwickels erkannte; der arme Mann bedurfte ihrer zu seiner Amtskleidung, und sie mögen ihm seine magern Beine, die ihm der Herr stärken wolle, warm halten, wo er geht und steht. Ich bin so freudenvoll, daß ich es Euch gar nicht sagen kann! Ich habe ein Großes überstanden. Wenn nur meine Mutter noch lebte, oder mein Vater, oder nur der Großvater! Gott segne ihn! Wie würde es ihm die Seele laben, wenn er meine Geschichte unter seinen Sixpence-Büchlein mit im Lande umher tragen könnte! Gewinn würde er freilich wenig davon haben, er schenkte gewiß mir zur Liebe alle Exemplare weg und sagte: leset nur Leute! das

4

hat mein Sohn gethan! — Er war einmal so; wie manchem armen Kinde hat er ein schönes Lied, ein Paar Ohrringe geschenkt, die es ansah, die Hände auf dem Rücken, mit sehnsüchtigen Augen, und sich bescheidendem Lächeln, wie uns armen Leuten eigen ist. Wenn ich nun auch von mir mit rede, sollte ich hier eigentlich das Imperfectum setzen: eigen *war!* Aber Gott erhalte mir die Bescheidenheit, sie steht einem Reichen viel schöner, als einem Armen; denn das soll mir Niemand sagen, daß dieselben Sachen immer dieselben sind. Es kommt gar viel darauf an, wer Etwas hat: ob der Jude die Perle im Schubsacke trägt, oder die Königin in der Krone; ob *Belisarius* Bettelbrot ißt, oder ein geborner Bettler, wollt' ich sagen: ein geborenes Bettlerkind, nein doch! und kurzweg: ein Bettlerkind oder Bettler. Ich muß mich nämlich jetzt meiner Würde nach, an richtiges Schreiben, oder besser: richtiges Denken gewöhnen, und die Reise hat mir wirklich die Gedanken aufgeräumt. Freunde, wenn ich Euch sagen soll, ich habe viele Gedanken gar nicht mehr; ich habe Bilder, Wahrheiten dafür; ach, und nun thun mir oft wieder die vielen falschen, aber so schönen alten Einbildungen leid! Ich kann gar nicht mehr so sehnsüchtig in das Morgenroth schauen. Wenn die Schwalben kommen, wird mir die Brust wärmer, als wenn sie fortziehn. Wenn sie sonst auf dem großen Rasenplatze vor dem Schlosse meines Principals, oder nun — mit Respect zu sagen: meines Schwiegervaters, zur Reise sich übten, schlich ich immer fort und dachte: Du bist ja nur ein Schulmeister, ein armer Lancasterschulmeister, der Gott danken muß, wenn er sich nur Zeit Lebens so fort plagen kann. — Das war eigentlich wohl recht unchristlich, recht undankbar gedacht! — Wenn Sir Horazio eine wilde reisende Gans, oder einen reisenden Gänserich mit der Kugel gleichsam aus der Luft zu unsern Füßen herab gezaubert hatte — mir konnt' es ordentlich leid thun! Schon die armen Rothkehlchen, Drosseln, ja die rothkäppigen Gimpel, welchen die Kinder um einige Penny

5

die Reise so grausam unterbrochen, sie fröhlich aus den Dohnen gelöst, einen Faden durch die Schnabellöcher gezogen, sie still nach den Hütten der Menschen trugen. Ich habe auch nie etwas Reisendes gegessen, wenn ich auf dem Schlosse zur Tafel war: kaum einen Häring; eher träge Austern, eingewachsenes Wurzelwerk und höchstens auf und nieder gewehte Früchte — nur nicht Orangen! ich sah sie nur immer gern an, labte mich an ihrem Dufte, und machte dabei die Augen zu. Lady Theano sagte: ich hätte gar einmal dabei geweint. Jetzt kann ich ihr das schon vergeben! Ich glaube, mein Großvater, Gott soll ihn auch dafür segnen, hat mir die Reiselust als Kind auf seinen Knieen einerzählt. Und mußt' ich den Kindern nicht die fernen Länder beschreiben, nicht mit dem Zeigefinger reisen über Meere, Berge und Welttheile? Das war wohl ein Schweres! Wie oft hielt ich inne, und seufzte recht innerlich, daß mir manchmal ein Westenknopf aufplatzte; aber lange schweigen durft' ich nicht, sonst hätten die Kinder bald gedacht, ich wisse nicht weiter! Und so mußt' ich schon den Finger nachheben, der wie behext auf Rom stand, und wie Blei auf St. Helena lag! Und in den Drei Jahren meiner Amtsführung kam der Finger schon *dreimal* wieder auf denselben Fleck! und ich stand so jung und mit so gesunden Reisebeinen immer auf dem alten Flecke. Das war wohl ein Jammer! Wenn ich nun gar erst dachte: wie viele liebe Menschen reisen, aus Noth, wie unsere Herren; um Wein, wie unsere Offiziere; um Brot, wie Virtuosen, Sängerinnen und Komödianten; aus Höflichkeit, wie Gesandte, oder aus Zwang, wie Couriere und Fouriere; ja um den Tod, wie Soldaten, denen Allen das Reisen eine Plage und Klage ist; oder wie Kaufleute und Matrosen, die lieber ihr Geld, das sie erwerben werden, gleich auf der Stelle ausgezahlt nähmen am Ufer, ohne zu sehen, zu hören, zu bewundern, was sonst war, was heute ist, und lange nach uns sein wird, hier und da und überall, denn das heißt wohl reisen — wenn ich dagegen mit Ohren hörte, wie unnütz andere Reisende ihr schönes Geld verzettelt, um blind und stumm und dumm zu bleiben wie Theekessel und Koffer — o wie jammerte mich der edlen Guineen! der edlen Zeit! Ich konnte das Posthorn gar nicht mehr hören, es machte mich zornig und traurig; ich weinte unter der Bettdecke darüber. Aber jetzt lach' ich dazu. Der Herr hat dem armen Lambton geholfen, wunderbar freilich genug! Aber, er hat doch geholfen. Gloria in excelsis Deo!

So viel, lieben, lieben Freunde, mußt' ich Euch durchaus vorhersagen, damit Ihr nicht gar zu traurig werdet, wenn Ihr unter dem Lesen immer denken könnt: er wird doch glücklich! Gott segn' Euch gleichfalls! Was ich werde an Euch thun können, das werde ich redlich thun. Was nun folgt, ist eine bloße Abschrift meines Reisebuchs, das ich, weil es so zerlesen war, jetzt habe drucken lassen. — Das Kupfer bin ich, nach Clarke gestochen — Es bleibt aber dennoch ein bloßes Manuscript für meine Freunde. Das bedenkt! und beurtheilt es daher ja nicht wie ein Pamphlet, oder Gott behüte, gar wie ein Buch! Denn die werden jetzt oft ganz entsetzlich behandelt, wie ich nun Zeit zu lesen habe. Aber ich denke, ein bloßes Manuscript geht frei durch alle Welt, wenn auch nicht auf der Post. —

Und besucht mich Alle einmal; nicht nur *Einmal* etwa; recht oft, alle Jahre; alle Jahre recht oft! Ihr findet Euer prächtiges Bett, ich muß es selber sagen, und die comfortabelste Tafel; und bleibt so lange Ihr wollt, bis Ihr Euch Alle sammelt, und dann je länger je lieber. Der Herr hat mich gesegnet. Ich lade Euch nicht aus Eitelkeit; aber freuen könnt' Ihr Euch doch mit mir, auch über meine Freude! Und wenn Ihr von mir geht, soll Euch das alte ehrwürdige Reisegeschenk nicht fehlen, sei es nun von mir, oder meiner Frau. Aber nehmen müßt' Ihr es! Ich habe schon hin und her gedacht, und angeschafft, was Jedem von Euch am liebsten ist. Nun kommt nur, kommt!

7

Fs. Lambton,
Rector.

*   *
*

Am Bord der *Themis*, den 1. April 1819.

Ich muß alle meine Gedanken zusammen fassen, daß ich bei
gutem Muthe bleibe! Darum will ich schreiben; das hilft
mehr, als sich abgrübeln. Sir Horazio, mein Principal, sagte
immer, wenn er von Rom erzählte, daß die Bildhauer dort
des Nachts im Finstern ein Stück Wachs in den Händen
kneteten, während sie über ihren Entwurf nachdächten;
und wenn sie lange und tief gedacht, hätten die Finger das
Männchen oder Weibchen fertig, das ihnen so viel
Kopfzerbrechen gemacht, und daraus würde dann das
Modell in Thon und zuletzt die Marmorstatüe. Hab' ich
meinen Kindern nicht immer so die Geschichte verdeutlicht,
daß ich sie auf den Punkt stellte, wo sie das Factum
nothwendig fanden, z. B. selbst den allerärgerlichsten Fall
für sie, warum Hannibal nach der Schlacht bei Cannä nicht
rectâ sc. viâ, nach Rom marschirt? Und ich habe immer
gefunden, daß man sich in jeder Lage leidlich wohlbefindet,
wenn man sich deutlich den Weg nachdenkt, den man
gekommen; wenn man das unausbleiblich, nothwendig, ja
ganz natürlich findet, was Einen betroffen hat, und die
Vergangenheit bis in den Augenblick fortführt, in dem man
lebt, und in dem man weiter leben soll, man weiß nicht wie.
Und ich weiß jetzt auch nicht wie. Darum geschrieben!
Auch wer sich verirrt hat, ist einen sonnenhellen grünen
schönen Weg gegangen, nur ist er nicht dahin gekommen,
wohin er wollte. Aber bin ich denn nicht, wohin ich lange
gewollt: im Schiffe! zu Schiffe auf der herrlichsten Reise! Auf
einer Themis, deren schon Aeschylus gedenkt! O du mein
Gott und Herr! — Aber Lambton, freue dich noch nicht,

höre dich erst. Bin ich heut' im Schiffe, so werd' ich es auch morgen sein. Also freue dich morgen! heute schreib'. Ach, wie wollt ich mein Reisebuch anlegen — und nun hab' ich nicht einmal ein Buch! Ich schreibe auf einzelne Blätter, geschenktes Papier, mit wäßriger Tinte, und mit welchem Stummel von Feder mit Zähnen! — so eine corrigirt' ich keinem Knaben mehr, so arm er war. Ach, so ein Fest so unvorbereitet anzutreten und zu feiern! Die Freude kommt doch nie wo, und wann man denkt! Aber du wirst das Alles natürlich finden, meine Seele, mein lieber Lambton. Denke nur, wie du in's Schiff gekommen! — Die Sache war so: —

— Doch Crabbe ruft mich; droben ist ein großes Linienschiff in vollen Segeln zu sehen! —

———

Ibidem, den 6. April 1819.

Die Sache war so. Unsere liebe Marion, die arme Waise in Schloß Rowlandhill, war auf einmal reich geworden, so reich, daß ich ordentlich vor ihr erschrack. Sie hatte 100 Pfund geerbt! Aber in Brigthon! Sie bat mich mit solchen schelmischen Blicken, solchen herzbewegenden Anspielungen, daß Ich reisen möchte, das Geld für sie zu erheben, und sicher zu überbringen. Sie nannte mich den ehrlichsten, hübschesten jungen Mann, den sie kenne! Konnt' ich ihr es abschlagen? Auch Sir Horazio, der Baronet, wünschte es. Er hatte das arme Kind in's Haus genommen, seit ihm sein Töchterchen auf dem Christkindelmarkte in London geraubt worden war. Er und Lady Theano hatten ihres Kindes Platz nicht leer am Tische sehen können, und wenn ein Mädchen, angezogen wie sie, mit schwarzem Haar wie sie, im Park umher lief, konnten sie doch von weitem denken, es sei ihre Tochter. Sie riefen Sie auch deßwegen Elisa, und sie hörte auf den Namen. Nur wir Andern, die wir von Elisa nichts wußten, nannten die nun Erwachsene nur immer Marion. Die gute Herrschaft hatte so viel an ihr gethan; was *ich* Ihr that, that ich den Pflegeeltern. Konnt' ich es ihnen abschlagen? Kannten sie nicht meine Reiselust, und meinen leeren Geldbeutel? Ich glaube, sie wollten mir Alle durch die Reise nur einen Gefallen thun, und Lady Theano drängte mich ordentlich dazu. Aber warum verschweig' ich's? — Dacht' ich nicht immer noch, das viele Geld auch mir zu holen in mein kleines Haus? Ein Spiegel im Wohnzimmer hätte nicht geschadet; er hätte es scheinbar noch einmal so groß gemacht; ein Schreibepult statt eines offenen Tisches, wäre mir viel brauchbarer gewesen; die alten, von der Sonne ausgezogenen Vorhänge wären mit Vortheil mit farbigen neuen vertauscht worden; den Teppich vor dem Kamin hätte jeder Andre, als ich, schon längst etwa zu einer Vogelscheuche im Gärtchen verwandt. Das Bett gedacht' ich noch einmal so breit machen zu lassen, vielleicht wäre gar eine Wiege nöthig geworden — ach, aber das Alles, wenn statt meiner alten Magd, der tauben Anna, die ich fast selbst anfangen mußte zu bedienen, wenn ich ein Christ sein wollte, Marion mir die kleinen Sorgen der kleinen Wirthschaft abgenommen, und mich zum Manne gemacht hätte! Und das Geld *machte* mich zum Manne. Aber, aber wenn ich so dachte, stand mir der rothe Riese, des Pachters Sohn, der lange Daniel immer vor Augen! oder ritt mir vorüber auf seinem National-Tiger, wie er ihn nennt, der so mager ist, daß man ein Licht dahinter stellen kann, wie Anna sagte! als wenn man hinter das dickeste Pferd kein Licht stellen könnte, nur daß man es dann nicht durchleuchten sieht. Freilich, wer den Menschen hübsch nennt, thut ihm das bitterste Unrecht. Er mißbraucht die Erlaubniß, garstig zu sein, wie Lady Theano immer auf französisch sagte. Wenn er steht, ist er beinahe gleich mit der großen Wanduhr in der Halle der Rectorei, und sein Gesicht so klein wie das Zifferblatt. Aber wenn er sich setzt, ist er halb wie verschwunden oder eingeschmolzen; er kann die Ellenbogen auf die Schenkel stützen, und aufrecht sitzen bleiben, so lang sind seine Arme. Doch Gott behüte, daß ich ihn verspotten sollte! er ist ja Gottes Ebenbild! Schäme dich, Lambton; die Eifersucht spottet nur aus dir. Denn wie die Weiber sind! Zwei Jahr bemüht' ich mich, so viel meine Schuljugend mir erlaubte, zugleich mit ihm um Marion; aber sie war und blieb unentschieden, bis ihm eine Frau Lieutenantin gerathen: sich eine Fähndrichsstelle zu kaufen, und in Uniform und Säbel vor seiner Geliebten zu erscheinen. So kam er denn aufgezogen, nur die Fahne fehlte noch. Wo blieb da Lambton, der schwarze Schulmeister mit dem Buche unter dem Arm! Das war wohl ein Jammer! Ich hätte mir damals aus Verlegenheit bald das Tabakschnupfen angewöhnt, wenn mein Gehalt die Ausgabe getragen hätte; auch sagten die andern Mädchen in Rowlandhill, ich sei noch zu jung zum Schnupftabak. Aber wie gesagt, das Wort der Lady, die mir wohl will, war bisher mein Schirm und Schutz, sonst war ich bestimmt verloren. Eine Gefälligkeit im rechten Augenblick entscheidet oft bei den Weibern, das hatt' ich gehört; Brigthon, Portsmouth hätt' ich gern gesehen, und wer Woolwich und Chatham nicht gesehen, der hat England nicht gesehen, sagen selbst die Engländer; nach London kam ich sonst in meinem Leben nicht — so beschloß ich die Osterfeiertage zu reisen. Und so reist' ich denn in Gottes Namen mit meiner Vollmacht. Wer schnell reist, reiset wohlfeil. Wie viel Mahlzeiten hab' ich dadurch erspart! Was helfen die freundlichen Wirthe, wenn man viel verzehrt; und die tiefen Bücklinge der Aufwärter für das große Trinkgeld, wo man doch in seinem Leben nicht wieder hinkommt! Es ist aber wohl nicht recht gedacht; ein Mensch sollte eigentlich keinem Menschen Schande machen! Doch die Reise ging ja nicht aus meinem Beutel; ich hatte freie Station, und dann muß ein ehrlicher Mann lieber darben, als schwelgen, und ein saures Gesicht — nicht ansehn. Es ist ein albernes Wort:

„der Weg ist zwar nicht breit, aber lang"; der Weg ist aber eben so albern. Wie schön wäre ein meilenbreiter Weg, oder ein Mensch, der wie eine Colonne in Fronte reisen könnte, wie bei einem Hasentreiben jede Merkwürdigkeit aufstöbern die ganze Breite! Denn wie viel Städte blieben zur Seite stehn, links und rechts! Und die Thurmspitzen winkten mir gleichsam herüber „hie bin ich" — „und hier bin *ich!* — hier ich! was ziehst du denn dort?" — So einen bloßen Strich durch die Welt zu machen, das ist wohl auch ein Jammer. Kurz, ich kam recht verdrüßlich, unzufrieden, und ganz durchnäßt auf dem Dache der Kutsche, wo ich selber in Nebel und Regen aus Schaulust geblieben, in Brigthon an. Was hatt' ich mir unter Reisen vorgestellt? Und was war es? Eine Sehnsucht, ein Aufruhr aller Sinne, ein Flug, ein Traum, kurz: ein Jammer. Mir war so, als wenn mir jemand aus einem kostbaren persischen Teppich einen Faden herausgezogen und geschenkt hätte.

Die Schwierigkeiten waren bald beseitigt, das Geld — eine einzige Banknote — bald eingestrichen oder leicht — was man sagt: erhoben, und auf der Brust wohl verwahrt. Nun war ich mein! Auf Reisen muß man unermüdlich sein, keine Bequemlichkeit einreißen lassen. Was Einem, wenn man in der Nähe ist, Einen Schilling zu sehen kostet, das gilt Einem, wenn man zu Hause ist, das Geld für eine ganze Reise. Wer Frühaufstehn, Unruhe Tag und Nacht, Unbequemlichkeit, Entbehrungen aller Art scheut, der bleibe zu Hause. Warum ist er gereiset! und die Freude muß und wird die Mühe vergelten. Ich hatte Menschen über ihr Phlegma in der Fremde zu spät klagen gehört, und mir auf das Titelblatt meiner Reisebemerkungen den Vers eingetragen:

Sage, warum du hieher vom Vaterlande gewandelt?

Von London war der Schenkel des Dreiecks meiner Reise selbst noch ein wenig kürzer, als der von Brighton nach

Hause; die Basis wollt' ich aus meinem Beutel bestreiten. Meine Mutter hatte mir immer gerathen, einen Ehrenthaler, einen Freudenthaler und einen Leidenthaler zu sparen; dazu hatt' ich drei Beutelchen. Diese nun hatt' ich alle mit. Die Ehrenthaler hatt' ich schon zugesetzt für Geschenke an meinen Stellvertreter, meine alte taube Anna, und die besten Schüler. Die Freudenthaler wollt' ich in Portsmuth und Woolwich darauf gehen lassen, einmal ein Stück in die See hinaus zu stechen; und die Leidenthaler sollten mir die Freude bezahlen, London zu sehen, und Marion Etwas zu kaufen.

Den chienesischen Pavillon in Brighton besah ich mir am füglichsten des Abends im Mondenscheine. Ich war im Geiste in China. Die Chinesen, konnt' ich denken, schliefen; ich konnte denken: der Kaiser denkt eben nach, welche Götter, wie Minister, er das nächste Jahr will herrschen lassen. Ich bildete mir ein, Er könne mich bei dem hellen Mondenscheine aus dem nahen Fenster erblicken, und als einen *verbotenen* Fremden, mit dem beliebten, jedoch nicht Zucker-haltigen Bambus-Rohr von etwanigem Podagra befreien zu lassen die Kaiserliche Gnade haben wollen — ich spürte wirklich, ich weiß nicht was, in den Fußsohlen — das Herz fing mir an zu pochen, ich machte, daß ich fortkam, und stieß auf eine Schildwache, die gerade abgelöst ward, und sich auf Englisch anrief. Ist denn China Englisch? frug ich mich selbst halblaut. „Noch nicht!" antwortete sie, und lachte. Ich schämte mich; der Mann sieht mich Zeit Lebens nicht wieder — aber ich schämte mich doch, und beschloß, mich nicht mehr meiner Einbildung so völlig zu überlassen. Der Mann konnte wohl gar etwas Anderes von mir denken!

Portsmouth aber war mein Unglück! Was mußt' ich eher sehn, als den Hafen, die Schiffe, die, wie Aristophanes Vögel, das mittelweltische unbegrenzte Reich selbst gegen die Götter beschützen. Ich hatte den ganzen Tag vor Schaulust

13

nichts gegessen. Gegen Abend trat ich in eine Taverne, worin fröhliche Matrosen und Makler an Tischen umher saßen und standen. An den Wänden hingen Anzeigen von Schiffsgelegenheiten nach Bengalen, Macao, Nord- und Südamerika; nach Zanthe, Neapel, Alexandrien, Smyrna, kurz, grad' überall hin, und für ein paar einfältige Pfund, wer sie hatte! Ich durfte sie nur im Office auf den Tisch legen, in's Schiff gehn, die Reise war nur wie ein Schritt! Denn das Meer ist hüben und drüben, der Wind rückt es gleichsam zusammen, führt die Schiffe fort, trägt die Küste her, und breitet das Meer dann wieder aus, wenn man hinüber ist.

„Drüben in Hamburg; drüben in Tanger; drüben in Boston!" unterbrachen und erzählten sich die Matrosen. Mir war wie dem Juden in der Münze! Hundert Pfund hatt' ich! Ueberall kam ich damit hin! Heim mußt' ich doch kommen! — Aber das Geld war nicht mein! Ach, des Menschen Dichten und Trachten ist böse von Jugend auf, warf ich mir vor; ich habe ja nicht reisen wollen! Aber die Thränen waren mit näher; ich mußte mich setzen. Ich stemmte die Arme auf den Tisch, und verdeckte mir die Augen vor der nach Westen gesunkenen Sonne, die mich blendete. Denn sie schien prachtvoll aus der goldenen Ferne zum Hafen herein, und beleuchtete zauberhaft: Mohren, Chinesen, Amerikaner und Juden hier an einem Orte, daß mir die Welt ganz wunderbar vorkam.

Nicht lange, so stieß mich Jemand gelind an, zuzurücken. Ich sahe ihn an, er sahe mich an. Es war Crabbe. — Crabbe! rief ich vor Freuden.

„Ei, Herr Lambton, grüßt' er mich, woher? und wohin? Was macht meine Schwester zu Hause bei Euch in ihrem kleinen Krame? Wird sie so reich wie dick? Ich bin immer noch Steuermann und kann eigentlich nicht höher steigen."

— Wie so? fragt' ich auf alle die Fragen. —

Es giebt nämlich gewisse Leitern für jeden Stand, sagt' er,

14

ich möchte sagen: Stockwerkstreppen, über die Keiner hinaus kann; sie sind oben wie in die Luft gelehnt. Ein Anderer, in einem höhern Stockwerk geboren, kriecht gleich als Kind von da aus, wo Unsereiner alt, lahm und marode aufhört! und wenn ein Hoher fällt, fällt er uns Niedern immer noch erst auf die Köpfe, wie die Fische, die man in's Meer wirft, nicht auf den Grund fallen. Nun es geht Euch auch nicht besser wie mir; ein größeres Schiff, eine größere Schule, das können wir etwa erwarten, aber immer nur Schiff und Schule Zeit Lebens. Nun setzt Euch, Herr Lambton, zu einem Glase echten; Ihr seid hier in der Fremde.

Dabei — also bei dem oft eingeschenkten Glase Echten — trug ich ihm meinen Wunsch vor, ein Stück auf der offenbaren See zu fahren, und ein wohlgebautes Schiff zu sehn.

Nun da kommt Ihr mit in mein's, sprach Crabbe. Schöner ist noch keins gebaut in Altengland! Es ist zwar ein Franklinischer Klapperschlangenkasten, den wir nach van Diemensland, nach Hobarttown bringen, aber schadet nichts, mein Schiff ist wie Eins, ja Keins! —

Ich stutzte wie billig. Er aber sprach lachend: Wir fahren nur Deportirte über, weiter nichts; und unser Schiff hat keine Fallthür, wie sonst die französischen, die das Exportiren der Exportanden ersparten!

Ich wollte wieder fragen, da unterbrach uns ein Kleinhändler, ein alter Mann mit grauen Haaren, fast wie mein Großvater; sie nannten ihn Oldham. Er handelte mit allerhand beinahe nur zum Schein, und nahm auch ein Geschenk, das ihm Dieser und Jener gab. Da, Vater! sprach ich, und gab ihm einen Leidenthaler. Ich bereute es aber sogleich, als wenn ich nur meines Großvaters wegen einem Armen geben könnte; ich ließ mir den Thaler nicht wiedergeben, nein, ich schenkte Ihm selber nun noch Einen. Aber das waren in einer Minute Zwei — und beide thaten mir leid um Woolwich und London! Der Alte aber sagte: „Ihr wißt nicht, wie viel ihr mir heut Gutes thut!" So doppelt gepreßt von Scham und Mitleid, gab ich ihm auch noch den dritten und letzten Leidenthaler.

Nun kommt aber in's Boot, Lambton! sprach Crabbe, sonst schenkt Ihr Alles weg. Es ist auch weg, erwiedert' ich; nur mein Heimreisegeld liegt im Gasthof zum Fallstaff. Ihr braucht auch heut keins, sagt' er im Gehen zum Boot; unsere Themis liegt ein halb Stündchen weit schon vor; aber das ist Euch ja eben recht! Morgen kommt der Capitain, und da kommt auch gewiß der Wind; das muß treffen; denn die Herren kommen eben erst immer, wann der Wind kommt. Da sollen sich nun die Matrosen wundern, wie das zugeht! Ich denke aber, wir werden im April immer noch einige Aequinoctien haben. —

Das heißt wohl bei Euch: Frühlingsstürme? fragt' ich.

Freilich! antwortete Crabbe; das geschieht so zu Zeiten, aber vorzüglich, wenn die Sonne im Thierkreise steht, Manche sagen, in der Wage. Nun, wie die Herren wollen! Ich bin nur Steuermann. —

Ich beschuldigte heimlich Crabben, er möchte nicht mehr vom Thierkreise wissen, als die Bauern, die den Kreisthierarzt den Thierkreisarzt nennen. Die vier Matrosen warteten auf ihren Meister Crabbe. Wir stiegen in's Boot und setzten uns. Die Matrosen nahmen Abschied von den Umstehenden, und sagten ihr Lebewohl, das „du guter Junge" (good boy) auch zu steinalten Männern, und „guter Junge" auch zu den Mädchen. Sie schieden, wie man sich zu Lande „gut' Nacht" sagt, und ruderten tapfer, jeder eine Beule im Backen, wie von Zahnschmerzen, sie war aber von Tabak. Viele Boote begegneten uns mit Vornehmen und Gemeinen, Herren und Damen, Weibern und Mädchen und Kindern, die von den Ihrigen, den lieben Deportirten mit Thränen Abschied genommen: denn sie weinten noch. Ich bedauerte, daß meine Reise schon halb war, als wir die Leiter hinaufstiegen an Bord des Schiffes.

Meister Crabbe übergab mich dem Stewart, mich überall herum zu führen, und alles Erlaubte mich sehen zu lassen. Mit dem Boote, sagt' er, würd' ich an's Land gehen, mit welchem der Capitain an Bord käme. Er empfahl ihm diesen Punkt besonders, im Fall Er nicht daran denken könnte in dem Wirrwar beim Absegeln. So war Alles besorgt. Ich überließ mich wohl zwei Stunden lang meiner Andacht, bewunderte Alles im und am Schiff, wie es zu bewundern war; ja ich getraute mich zu behaupten: daß selbst die Arche Noah's so schön mit Mahagoni-Meubeln, Spiegeln und stählernem Kamin nicht kann ausgeputzt gewesen sein; denn wann lebte Noah, und wann leben wir! Und ich kann als geistliche Person ohne Blasphemie sagen — da die Welt nicht mehr durch Wasser umkommen soll — daß eine Sündflut jetzt nur lächerlich wäre; wenn man sie vorher wüßte, nota bene! Der Herr hat damals schon die Engländer mit ihren Tausend Schiffen im Geiste gesehen, nota melius! darum hat er für die Zukunft nur von Feuer gesprochen. Nota optima! — Zuletzt blieb ich in des Steuermanns Cabin sitzen, und las in dem, auf dem ganzen Weltmeer berühmten „Schiffmeisters Assistenten," von dem auf dem Lande unbekannten David Steel. Der Stewart brachte Punsch, hieß mich trinken, und ließ mich lesen.

Daß ich dabei eingeschlafen war, bemerkt' ich richtig beim Aufwachen! Ich schlug das Buch zu, stellte es an seinen Ort, und stieg auf das Verdeck. Auf der Treppe begegnete mir der Stewart, ganz anders, aber nicht besser, angezogen, mit einer Schüssel kleiner Krebse, mit Eiern, großen Theetassen und — Frühstücksgeräth. — Er ward ganz feuerroth, als er mich sah, und drängte sich mit niedergeschlagenen Augen auf der Treppe an mir vorüber. Wo ist Meister Crabbe? fragt' ich ihn. Er blieb mir die Antwort schuldig. Ich schenkte sie ihm, und stieg aufs Verdeck. Hoho! sprach ich, die Sonne sitzt ja noch hoch! Es hat gute Weile! Aber sie müssen das

Schiff gewendet haben; vorhin stand sie rechts, und jetzt links. Ich wendete mich um, nach der Insel Wight zu sehn, die mir die hängenden Gärten der Semiramis aus ihrem Staube hervorrief — ich rieb mir die Augen — ich war entweder von dem Punsche ein Myops geworden, oder Wight war untergegangen! Aber lieber, als so vieler Menschen Unglück, war mir doch meins! Doch — die ganze Küste war verschwunden! Es war doch Tag! es war kein Nebel — ich sahe rund umher — rund umher nichts wie Himmel und Wasser — das war die offenbare See offenbar! Aber wie war das möglich? Das Schiff stand ja und wankte nicht; nur ein leises Plätschern und Glucken glaubt' ich zu vernehmen. Ich blickte auf dem Verdeck umher — da stand ein Mann mit einem Fernrohr am Hauptmast und sah schweigend in die Ferne; auf dem Hintertheile am Steuerrade saß Freund Crabbe, ernst und im Amtsgesicht, placidus ore, wie Neptunus, der verschollene Gott. Ich starrte in die Segel! sie blühten voll und zogen, wie Pferde; die Wimpel spielten im Winde — es war richtig! Ich saß wie der Bär, der nach Honig gestiegen, hinausgeschnellt auf der Wagschale, hinausgeführt in die Welt, ja hinausdeportirt aus der Welt! Die Sinne vergingen mir — Crabbe! Crabbe! ruft' ich, und setzte mich in Ohnmacht. Denn das sah' ich noch, wenn ich in Ohnmacht gefallen wäre, — scilicet: die enge steile Treppe hinab, — konnt' ich mir Hals und Beine brechen! So saß ich, halb vor Schreck, halb vor Freude, wie meine Lampe voll Wasser und Oel; aber das Oel schwamm oben! — —

Was soll Crabbe! fragte mich eine unwillige Stimme.

— „Ach, jetzt soll er nichts, er kann ja nichts" — — brach ich ab.

„Er ist ein braver Steuermann," hörte ich wieder; hinsehn mocht' ich nicht: denn es war ganz eine Capitainsstimme; sie erscholl mir, wie das Echo meiner eignen von der Mauer der Kirche, wenn ich Schule hielt und zur Zeit der Lindenblüthen die Fenster hatte aufmachen lassen. Diese angenehme Erinnerung erquickte mich in so weit, daß ich seufzen konnte.

„Ist Euch unwohl?" hört' ich wieder. —

Sehr, sehr, in der That! bekannt' ich; wie soll mir anders sein? Wenn Ihr mich nur entschuldigt! —

Zu Schiffe ist's, wie auf der See, lacht' er — geht und füttert Fische, oder legt Euch platt auf den Bauch. Die schönen Damen dort trinken Kaffee, die denken Alles mit Kaffee zu kuriren! Aber das Mal irren sie sich; ich wette! ich habe schon gewonnen! — geht nur auch. Ich stand auf; blaß mocht' ich gerade genug aussehn, das Schwanken kam mir leicht an, so gesund ich war, und so legt' ich mich im Schatten des Bordes auf den platten Rücken nieder, faltete meine Hände über der Brust, wie ein Leichenstein, d. h. der Pfarrer darauf, und sah in den reinen, blauen, unergründlichen Himmel. Ach, er sah mir doch zu feierlich, ja weinerlich aus, als daß er mit mir scherzen, mich in den April schicken wolle; oder lag das Weinerliche nur in meinen, Augen, wie die Thränen?

Nach einiger Zeit hörte ich ein lautes Gelächter erschallen, Einige fragen, und sie dann mit darein lachen, wie ein vervielfältigendes Echo, dem eine Gesellschaft unaufhörlich zulacht. Es kam ein Halbkreis von Herren und Damen um mich getreten, das hört' ich nur an den Tritten und Trittchen; denn die Augen hatt' ich fest geschlossen; ich kam mir vor, wie ein Aal auf dem Aalfange, oder ein Fuchs im Fuchseisen, den die Kinder necken. Crabbe, der Steuermann, hatte mich ja schwanken sehn! Er hatte gewiß mit dem Capitain von mir gesprochen! Denn dieser lachte mit den andern, ja er lachte so herzhaft, daß er weinte. Darauf sprach er mit der Amtsstimme: „Nun ist es genug!" und Alles schwieg augenblicklich und entfernte sich. Das ist ein braver Schulmeister! dacht ich, der Himmel segne ihn. Er setzte sich zwei Schritt von mir auf einen Hühnerkorb und sagte zu mir: Bleibt nur liegen, Herr Lambton! so heißt ihr doch? — Lambton Zeit Lebens! antwortete ich. — Crabbe kennt Euch, Lambton; er ist bitterböse auf den Stewart. Wenn Euch der Zufall nicht leid thut, ist er mir lieb. Ihr habt keine Kisten und Kasten bei Euch? —

Das weiß Gott! seufzt' ich. —

Wohl! so nehme ich Euch für einen halben Passagier an. —

Wenn Ihr nur mich nicht halbirt, so viertheilt mich meinetwegen! seufzt' ich mit rückkehrender Ruhe. —

Ihr habt kein Geld? —

Ich? — keinen falschen Schilling, Herr, antwortete ich mit Wahrheit; die hundert Pfund waren ja nicht mein; die durft' ich nicht verrathen! —

Also in der That, Ihr habt kein Geld? Ihr! Ich meine Euch! sprach er und sah mich auf gut Englisch an, und murmelte schlaulächelnd so etwas von anzuordnender Aussuchung. —

Gott sei mir gnädig! rief ich. Das mußte er nun gewiß verstanden haben für: So wahr mit Gott gnädig sei! oder sah er meine wahre Ehrlichen-Mannes-Angst, denn er schien beruhigt und sprach: Wohl! dem Könige kann ich nichts verschenken; daß Ihr aber bezahlt, wann Ihr könnt, das müßte selbst Shylok zufrieden sein. Van Diemensland wird Euch gefallen, Ihr macht eine schöne Reise! Nachher wollen wir schriftlich Richtigkeit machen. —

Aber wann werde ich bezahlen? —

Wann Ihr könnt! Ihr seht, der Himmel hilft Euch in die Welt, er wird Euch auch in der Welt helfen. —

Wenn nur nicht *aus* der Welt! Herr Capitain; Seefahren ist gefährlich! seufzt' ich nicht ohne Ahnung; denn mir fielen die Worte meiner sterbenden Mutter ein, die zu mir sagte: „mein Sohn, wenn Du nur noch ein Jahr überstanden hast, dann — dann — dann!" — Dann starb sie! —

„Seefahren ist nie gefährlich," entgegnete mir der Capitain, nur Landen manchmal! Lambton — doch still davon, das ist kein Schiffsgespräch, und verboten: Geht essen, damit Ihr Muth bekommt, und seid munter und guter Dinge! Denkt, Ihr habt Schulferien, oder Euere Schule ist abgebrannt. —

Behüte Gott die Schule! sprang ich auf. Ein Hahn hackte ihm aus dem Korbe in die Waden, so ging er fort.

Ich bedankte mich, wie billig, hinter ihm drein, mit ihm — natürlicher Weise — unsichtbaren Complimenten wenigstens für seine Güte; dann stand ich noch lange in Himmelsangst, die sich nach und nach auswölkte, wie ich mich, nicht ganz unkluger Weise, in mein Schicksal und in die Themis ergab. Und so schlich ich — doch etwas schnell — in das Cabin des Steuermanns, sah den gedeckten und besetzten Tisch und ließ mir das angerathene Frühstück aus verzweifelter Verzweifelung schmecken. Darauf kam der abgelöste Crabbe, der mir die Hand gab und sagte: Was ein Kind thun kann, das noch nicht reden, noch keine Hand rühren kann! Wäre dem Capitain York nicht noch gestern ein kleines Yörklein geboren worden; ich weiß nicht was er mit Euch gemacht hätte! Vergebt dafür auch dem *Stewart*! Ich mußte an's Steuer — und *ihm* trug der Capitain auf, als er richtig mit dem Winde kam, gleich die Sachen aufzuheben, die er mit an Bord brachte. Der eine Anker war bald aufgezogen, nun schwimmen wir! und kein Wind darf versäumt werden, sonst fehlen die Postpferde, wann man ausspannt. Ihr versteht das nicht, wie der Wind auf der ganzen Welt zusammenhängt, wie er aller Orts Alles spedirt. Warum habt Ihr Euch auch nicht selbst gemeldet! Doch es ist nun einmal so, und „So" ist gut.

Ich dachte aber: „So" ist freilich gut; doch anders wäre besser. Ich schlug ihm vor, den Capitain zu bitten, mich wieder auszusetzen, in Brest, in Boulogne, in Cadix doch wenigstens! aber es fiel mir selbst ein, daß das für mich noch schlimmer wäre, als im Schiffe bleiben. Auch schlug es mir Crabbe rund ab, und sagte: Ein Mensch gilt nichts zu

Das war genug gesagt! und hatt' ich Flügel, so hätt' ich sie hängen lassen. Und doch wollt' es gar in mir singen und einen Jubel anstellen. Denn wie viel Vorbereitungen hatte mir diese Ueberraschung, wie man ein wenig Einheitzen nennt, erspart! Paß, Empfehlungsbrief, Geldsorge nota bene, Einpackerei, einen Vicarius in meinem Amte, Reiseapotheke, Bücher, Excerpte, Landcharten — kurz allen den Tand, ohne den ich nicht glaubte eine Reise nur antreten zu können, geschweige durchzusetzen und auszuführen; ich hätte mich erst alt und blind studirt; und *jung* muß man reisen, und scharf sehen muß man können „Ich bin ich selbst allein" sagt Richard, und ich sag' es getrost; denn die Welt ist reich genug, wenn man auch noch so arm ist, nur Augen, Herz und Gedächtniß hat, oder eine alte Feder. Aber ach, was mußte aus meiner schönen Lancaster-Schule werden! Waren die Kinder nicht eine Heerde ohne Hirten? Mußte sich alles Gute, das ich sie gelehrt, nicht im Leibe umkehren, nicht in Falsches verwandeln, da der Mann ein Falscher gewesen, der es gelehrt? Denn was der Lehrer ist, das bedeutet die Lehre. Von einem Bösen ist nicht gut lernen; und so mußt' ich erscheinen! War ich in Marions Augen mit dem Gelde nicht durchgelaufen, in alle Welt gegangen, weil sie den langen Daniel mir vorgezogen? Oder glaubte sie — wie die Weiber sind — ich habe mir wohl gar ein Leides gethan? Die Angst verdiente sie! Sie thut mit leid, aber ihretwegen, nicht meinetwegen. Nun ich hin bin, ist sie mir hin; denn wenn man scheidet, dann erst soll man ja wissen, wen man zu Hause lieb hat; und, die Kinder und die alte Anna ausgenommen, kann ich mich auf Niemand besinnen! Aber der Baronet, der keinem Menschen etwas Gutes zutraut, der allen noch so braven Handlungen lauter Eigenliebe unterlegt, muß ich, ich ihm nicht seine frevelnde Ansicht bestätigen? Aber der arme Mann soll von seinem einzigen Freunde schwer betrogen worden sein; auch hat er keine

Kinder, und solche Menschen wissen niemals recht, was ihnen fehlt. Doch Lady Theano — — o Gott, was hilft es mir nun Zeit meines kurzen Lebens ehrlich gewesen zu sein, wenn ich nun ein Landläufer, ein Dieb geworden bin? Ja ja, ich verdiene nach Bontanybai exportirt zu werden! Aber endlich komm' ich einmal wieder! und wenn auch mein Amt schon besetzt ist, wenn Marion lange den langen Daniel geheirathet hat, so will ich doch wieder meinen Ehrenplatz in den Herzen einnehmen, und die Kinder sollen nicht länger als den ersten Tag mit Fingern auf mich weisen! — Ich verfaßte daher einen Aufsatz, Inhalts: daß ich nur „durch ein Versehn" nach van Diemensland „gereiset" sei, und bat den Steuermann Mstr. Crabbe, den Capitain York und den Stewart das Zeugniß zu unterschreiben, was sie willig thaten.

Es war mir ordentlich ein Stein vom Herzen, als säh' ich ihn mir als eine Ehrensäule aufrichten, als ich das Blatt zusammen faltete. Nur der Gedanke peinigte mich noch, daß der Fähndrich Daniel nun Marion, ohne Geld, nicht heirathen werde! Es soll sogar Menschen geben, die eine Frau bloß um ihres Geldes willen nehmen, besonders Lieutenants. Aber die Weiber wissen, daß sie mit dem Gelde Eine Person ausmachen, und sind guter Dinge, wenn sie nur welches haben; und wo ihr Schatz ist, da ist auch ihr Herz. Vielleicht aber ersetzt ihr Lady Theano die verlorene Ausstattung! Denn sie selber ist unglücklich, und empfindet also Unglück. Sie ist so gut wie schön, und hat ein weiches Herz. Hat sie doch 10,000 Pfund, sammt anlaufenden Interessen, für den Wiederbringer ihres einzigen Kindes niedergelegt, und bringt gleichsam die Bill alle Weihnachten vor das Publikum, wie Wilberforce die seine in's Parlament — Doch konnt' ich mich den ganzen Tag nicht freuen, und auch die Nacht that ich kein Auge zu; ich schlief auf dem Fußboden, mit Kaputzen zugedeckt: denn alle Betten waren besetzt.

Wie der Herr aber auch für einen Schulmeister sorgt, davon bekam ich am andern Morgen einen Beweis; denn das Essen und Trinken auf Borg schmeckt ehrlichen Leuten bitter. Capitain York hatte meine, nun ja, saubere Handschrift in dem Zeugniß gesehn; er hat seinen jüngsten Bruder William bei sich, und Stephan, den Sohn seiner Schwester, einer steinreichen Plantagenbesitzerin. Diese sollt' ich unterrichten. Um richtig eingreifen zu können, examinirte ich die Knaben in seiner Gegenwart. Ich fiel auf die Zahlenlehre, und fragte William: Wie viel sind 3 Aepfel und 4 Birnen? — Das ist schon summirt! sagte er. Ich freute mich. Dabei wollt' ich wissen, ob er in der Pflanzenkunde einen Anfang gemacht, und fuhr fort: Ich dächte nicht! ich glaube es sind doch Sieben — aber was? — Aepfel! sprach er; die Birne ist eigentlich ein Apfel: malum-pyrum. — Was ist sie denn aber uneigentlich? fragte ich weiter, um ihn auf das nichts bedeutende Wort „eigentlich" aufmerksam zu machen, und so mich in das Stilisticum zu spielen. — Uneigentlich? wiederholt' er — je nun: eine Birne! — Ich freute mich reichlich, und gab ihm die Hand; der Capitain lobte mich ganz unverschuldeter Maßen. Nun nahm ich meinen Stephan vor, größer zwar als William, aber dick und stumpf und aufgeblasen. Mein Stephan! fragt' ich, in welches Reich der Natur, als Mensch, gehörst denn Du? — Ins Steinreich, erwiedert' er stolz. Der Capitain lachte laut, und sprach: das kommt daher, daß ihm seine Mutter immer gesagt hat: er sei steinreich! Aber es ist gut, daß ich mich daran erinnere. Für die 6 Monat Unterricht auf der Reise soll er Euch gut bezahlen, Herr Lambton, und zwar so viel, daß Ihr auch die Rückreise an ihm verdient. Die Meister sind rar auf der See, und was rar ist, ist theuer. — Wer war froher als ich! „Ihr sollt vom Evangelium leben" beruhigte meine Bedenklichkeit; nur dem Ochsen, der nicht drischt, soll man das Maul verbinden; aber mein Gott, ich wollte ja dreschen! — Nun war mir geholfen! Wenn ich einmal wiederkomme,

24

bin ich ein berühmter Schulmeister, Victoria! Denn wer nur etwas Gescheidtes gesehn hat, den hält man selbst für gescheidt.

Auch ein Bett bekam ich durch ein Paar lange Beine des einen Herrn; denn in dem kaum zwei Ellen langen Kasten, der wie für ein Faulthier, einen Siebenschläfer, höchstens für einen jungen Waschbär, eingerichtet war, — in dem Bett, so zu sagen, waren dem Herrn die Füße ganz verstarrt und eingeschlafen, daß er sie lange Zeit gar nicht wieder aufwecken konnte. Er war ganz erbost, und wußte nicht mehr, oder wahrscheinlich vorher schon nicht: *wo* er zu lang sei, ob unten? wie ihm jetzt vorkam, oder oben? wie ihm aus den Beulen schon vorgekommen, die er sich in den niedrigen Räumen an Thürstöcken schon an die Stirn gestoßen. Wer kann seiner Länge eine Elle *abnehmen!* sagen *die Großen*, sprach er; und der Zwerg muß sagen: wer kann *seiner Elle* eine Länge zusetzen. —

„Ich habe meine Beine abgeschnallt!“ rief ein invalider Offizier in die Scene. —

Sie Glücklicher! rief der Leidende. Ich bot ihm aus Mitleid einen Tausch an. Mit Freuden acceptirt. Er bettete sich also auf den Fußboden, und ich an seiner Statt. So sorgt der Herr durch Alles aufs der Welt, es habe Namen, wie es wolle. Ich aber pries in besagtem Kasten mein Schicksal, wenn die Wellen kaum einer Hand breit vor meinem Ohre vorüber gluckten, wenn ich an die armen Haifische und Hammer dachte, die in dem ewig-dunklen kalten Meeresgrund ihr Haupt hinlegen müssen auf Felsen wie auf Amboße, die nirgends hin und nirgends her fahren in ihrem Irrsal — da ist doch ein Schulmeister eine ganz andre Person! Das Schiff, das edle Thier, man möchte es „Herr“ nennen, wie ein Reitknecht sein Pferd, das Schiff war auch für mich erfunden! Der Magnet, die Sternkunde, das Fleischeinsalzen, die edle Leinwandweberei, kurz Alles, Alles, seit Thubalkain; und Cook kam mir nur vor, wie der

Rabe Noah's, der mir Land, van Diemensland gesucht! Tausend Menschen *zusammen* vollbringen fast tausend Mal mehr, als tausend *Einzelne*. Ein Mensch hätte noch nicht den Thurm zu Babel fertig, und wenn er 6000 Jahr vor Erschaffung der Welt angefangen hätte, Ziegel zu streichen, trotz dem, daß keine Sprachverwirrung bei ihm möglich war! Wie dumm wäre nur Ein Mensch, so groß und dick mit ungeheurem Kopfe, aus allem dem Stoff aller Gebornen zusammen seit Eva's Zeit; wie dumm wär' er noch, wie Stephan oder der Stephansthurm; doch einmal von weitem sehn, wie eine Wasserhose groß, möcht' ich ihn wohl, oder wie den einen Mann im Monde. — Und daß die Menschen sterben, das ist erst das Wahre! da erben die Nachkommen immer Verstand, Kunst und Wissen, wenn es wahr ist; denn der Tod macht Alles offenbar, das ist unbezweifelt. — Das waren so meine Gedanken. Ich wunderte mich ordentlich, wie sich mein Kopf aufthat; aber auf Reisen muß man klug werden, man mag wollen oder nicht. Selbst Stephan, der nicht will! Ich will ihn schon lancastern!

————

Ibidem, den 1. Mai 1819.

Mein Gott, wie ist doch Alles anders, wenn man es *sieht*, als wenn man es sich *einbildet*. Mitten auf dem Meere ist man bloß, wie auf einem großen blanken silbernen Teller, es kommt Einem kleiner vor, wie ein See. Und wie abgesondert lebt man! Morgens keine Schule, keine Zeitungen aus London mit Nachrichten aus der ganzen Welt; Sonntags keine Kirche; Abends kein Clubb! Früh baut die Sonne ihren Silbersteg, Abends zieht sie ihn wieder ein, wie eine Schiffbrücke, wie die Schnecke ihre Hörner. Und daß man die Sterne in dem immerbewegten Meere sähe, kein Gedanke! Eine Wolke, ein fernes Schiff mit den Augen verfolgen, das ist Alles. Und doch wie schön! wie innig und heimlich! rein abgeschieden von allen Menschen, aller Kunde ihrer Sorgen und Plagen zu reisen, und wie bequem! — Man steht auf, und unter dem Anziehn ist man zwei Meilen gereist; man frühstückt und — reiset; man ißt zu Mittag, geht spazieren, sitzt, ja man geht zu Bett und schläft, und reiset und reiset! Und *wie* besonders? der Weg ist nicht Eisenbahn noch Eis, sondern Wasser; die Wegweiser brennen am Himmel; die Rosse sind unsichtbar, und doch geht es sausend fort!

Mein Casus hat gemacht, daß ich nur lauter freundliche lächelnde Gesichter sehe, wie Alles die Kinder anlacht. Früh und Abends gehn wir spazieren um die Mastbäume, in geschlossenem Kreise, ohne Rang, wie an der Tafelrunde; und doch ist ein großer Unterschied. Aber was doch die Deportirten für hübsche Leute sind, ganz wie *andre* Menschen anzusehn, wohl angezogen und gesprächig! Wenn ich es nicht sähe, ich glaubte gar nicht, daß sie ausgesetzt würden, aller Güter der Gesellschaft verlustig. Manche können ihr Handwerk nur noch nicht gleich vergessen. Ich hörte eines Abends ein Gespräch: „Man wollte uns nicht einsperren," sagte der Eine; wir sollten frei sein, aber man giebt uns eine schöne Probe! Das Schiff ist das elendeste sicherste Gefängniß: keine Thür, kein eisernes Gitter, keine Kette an Hand oder Fuß, es wehrt es Einem Niemand, sich hinaus zu bemühen, und doch kann man nicht fort! Da lob' ich mir ein Stockhaus, das bleibt auf einem Flecke — man hat Freunde, man hat Gehülfen da draußen! Der Sturm hole den Wind, der uns hinführt, wo wir nicht hin wollen! —

Ja, ich möchte auch lieber Zeit Lebens so herumschwimmen, als dort arbeiten! so elend es zu Schiffe ist, das unendliche ewige Bowling-blew ohne Bäume umher, sagte der Andre, von dem Steinkohlendampf noch, ganz abgesehn, oder abgerochen. —

Sieh nur, wie dunkel es ist! sagte der Dritte; Schade um die rabenschwarze Nacht! Hui, wer eine Meile von London jetzt auf dem Klepper säße und die Post rasseln hörte —

Jammerschade! —

Andere spielen hier noch um Kreidestriche falsch, und betrügen einander um Nasenstüber. Kurz es ist ein Seidenleben unter den Menschen, und ich sehe deutlich, daß nur ein weites Exil vor Vertrath und Rache sichert. Vor Allem gefällt mir der junge Maler. Er sieht aus, wie der Engel der Verkündigung, und ich glaube, jede Jungfrau würde ihn gern verkündigen hören. Denn er sieht aus, wie die leibhafte Liebe oder Schönheit, ja wie beide verschmolzen. Wenn Alle laut sind, und Er kommt, werden sie still, die Frauen blaß, die Männer roth; er schnürt ihnen gleichsam das Herz und siegelt die Lippen zu. Schöne Menschen sollte man zu Lehrern und Priestern wählen; ja sogar, was man sagt: *pressen*, und das aus allen Ständen ohne Gnade, wenn der Vornehmste nur die zum Schulmeister erforderlichen Kenntnisse und Tugenden besäße; schon bei den Persern mußte der König der Schönste sein! — Er lehrt still durch seine bloße Gegenwart, und da er fast gar nicht spricht, bleibt er bei seinem Respect. Klug! — Unter Tigern ist der Wolf das Lamm, und das Lamm, so zu sagen, ein Engel! und doch ist er ein gefallener Engel! Es ist mir ein Räthsel, was kann Er verbrochen haben? er heißt Clarke.

————

Capstadt, den 30sten Juni 1819.

Capitain York hatte mir einen feinen warmen Oberrock und eine Bibermütze mit Ohren geschenkt, muß Ich sagen, Er aber sagte nicht einmal, gegeben, sondern ich fand beides nur eines Morgens für Reinschrift einiger Papiere. Die Morgen und Abende, ja die Tage bis in die Gegend von Trafalgar waren ziemlich kalt, und Rock und Mütze waren mir hier lieber, als in England 100 Schafe und 50 Biberfelle. Doch wie geschahe mir darin! Eine junge nette Witwe war gar noch nicht zu uns an den Tisch gekommen, sondern

28

hatte, aus Unbehagen, in ihrem Zimmer, so zu sagen, gelebt, das 3 Ellen lang und 2 Ellen breit ist, und ihr wöchentlich 3 Guineen kostet; vielleicht wollte sie doch ordentlich den theuren Miethzins absitzen. Ich weiß nicht, was ich an mir habe, das ihr gefiel. Sie kam alle Tage in andrer, immer reizenderer Kleidung. Einige Irländer hatten mich einem jungen Manne ihrer Bekanntschaft zum Verwechseln ähnlich gefunden, und es kam nachher heraus, daß er ein bildschöner junger Mann sei. Ich ward über und über roth und bitterbös — und die Mistriß, deren Tischnachbar ich war, trat mir sanft auf den Fuß. Ich sahe die Dame groß an, welches wohl unhöflich und unpassend sein mußte, denn sie erröthete ganz. Der feine Clarke aber, den der Capitain seiner Vorzüge wegen mit an den Tisch genommen, lächelte sie an, zog die Augenlieder leise über die Augen und erhob sie gleich wieder, so etwa wie die Augen Ja! sagen müßten, wenn sie redeten. Ich fragte nachher Freund Crabben, wer die Lady sei, und erzählte ihm, was geschehen. —

Die Reise kann Euer Glück sein! Lambton, sprach er, mich betrachtend; sie ist steinreich, aus Martinique, und die Martiniquerinnen sind leicht und lustig, und heirathen so geschwind, wie bei uns eine Frau Thee kocht. — Sie heißt Mistriß Distreß. — Aber kennt sie Euch denn? —

Ich verstand Crabbe's Frage erst einige Tage später, als mich Einer „Herr Schulmeister" nannte, grade als die Mistriß mir Etwas sagen wollte. Sie behielt aber die Rede bei sich! nur erst nach einiger Zeit sprach sie in Gedanken vor sich hin „Schade, Schade!" und drehte sich auf dem Absatz herum. Ich hatte es gleich weg, und dachte: so geht es, wenn man auf gewisse Art eine Respectsperson ist! Vielleicht hab' ich ihr auch zu geistlich gesprochen. Einer Frau wegen ändere ich meine Rede nicht! Es ist mit aber lieb so. „So" ist gut, spricht Crabbe. Denn, wenn ich nur Guineen hätte, so könnte ich eben so gut „ein Zwanzig-Ender" werden, nicht ein Hirsch, sondern ein Rector, der zwanzig Pfarreien zugleich hat und — niemals predigt. Das getraue ich mich ohne Ruhmredigkeit.

Ich werde bitter, ich muß abbrechen; aber man bleibt ein Mensch, auch wenn man ein Schulmeister ist. Die Weiber haben den Rang, nachher erst das *Geld* lieb. Wenn ich aber auch in allen andern menschlichen Dingen nichts weiß, nichts habe, nichts gelte, so bin ich doch in meiner Schule zu Hause. Ach, wenn ich nur zu Hause wäre! Meinen schwarzen Rock will ich aber als Ehrenkleid tragen, die vornehmen Herren-Kleider machen mir nur Schande und Aerger. Was giebt Respect? das Wissen! Was giebt Andern Ehrfurcht? die Unwissenheit! Denn wenn ich einen Knaben frage: „Wer bringt den Caravanenthee?" und er weiß es nicht, und Ich sehe ihn an wie allwissend, und gehe ein Paar Mal schweigend auf und nieder — dann hab' ich Respect! Wenn die vornehmen Herren und Damen nur dürften gefragt werden, sie sollten schon Respect bekommen! So tröstete ich mich; aber an die Mistriß Distreß will ich denken, und nie einer vornehmen Frau trauen.

Nun hatt' ich ein langes Aergerniß, so lang wie die Küste von Afrika. Von so einem Ungeheuer von Lande, das allen Schiffs-, Macht- und Geldinhabern zum tausendjährigen Spectakel daliegt, soll man den Kindern immer so viel erzählen, und Unsereiner selbst möchte und möchte gern. Aber wenn man sich nicht in das alte Aegypten zu spielen weiß, das gar nicht einmal mehr in Afrika liegt — selbst Stephan fragte neulich ganz superklug, wo Groß-Griechenland liege — im tempore praesenti so Etwas zu fragen! — so ist man so bald damit fertig, wie mit dem Russischen Reiche, welches sich so um die Erde schmiegt, daß die Sonne niemals drin aufgeht, oder wie Andre lieber sagen, drin untergeht. Würde man nun die Lancastersche Methode auch auf das Reisen anwenden, würde man scilicet ein Regiment Reisende hinschicken, die sich schützten, ernährten, untersuchten, nur etwa den Niger hinauf: so müßte das auch bei Uns zu Tage kommen, was dort am hellen Tage liegt. Aber Lancaster wird jetzt noch nicht recht begriffen. Doch Gott segne ihn, ich bin sein Schulmeister und bleib' es, auch *ohne* Schule! Gott wird mir helfen!

Ich hatte den Pico nicht gesehn, es war Nacht, als wir Teneriffa vorbeisegelten; ich hatte St. Helena nicht gesehn, weil der General, der Generale scilicet, dort bewacht wurde — jetzt am Johannistage, wo wir im Gasthause zum Cap der guten Hoffnung ankamen, regnete es die ganze Zeit für uns frisches Wasser aus der ersten Hand, daß ich nicht einmal den Tafelberg erkennen konnte. So reiset man! Nicht einen Hottentotten, nicht eine Kuh hab' ich mit Augen gesehn, noch mit Ohren gehört. Schiffe lagen viele im Hafen, aber alle segelten um diese Zeit nach Morgen. Eines, nach Altengland, war gestern abgegangen, als ich mich erkundigte. So saumselig ist man! An einem andern, das gleich im Eingange des Hafens lag, war ich im Boote vorüber geeilt. Das Gute soll immer weit sein! Man fährt in eine Stadt und glaubt, der Freund, den man sucht, wohne tief in den Gassen, am Platz; man fährt hin, und dann wohnt er am Thore, wo man hereingekommen! Zwar besucht' ich noch Eins; aber es war so beladen, und so besetzt, daß der Capitain lachend sagte, wenn ich im *Mastkorbe* beim Teufelsdreck mir es gefallen lassen wollte, könn' ich von der Gelegenheit Gebrauch machen. Ich hätte mich noch auf den Schnupftabak verlassen, und den Vortheil erlangt, daß mir alles nachher Zeit Lebens wie Blauveilchen roch; aber das Schiff ging noch zuvor nach den vereinigten Staaten, nach Neu-York. So blieb ich denn in Gottes Namen bei meinem alten York.

———

Hobarttown auf van Diemensland,
Michaelis 1819.

Vom Cap aus ging die ewige Leier wieder an; und nach und

nach erlaubten sich die freien Passagiere für ihr Geld ungeduldig zu werden, welches ich Freigut mich nicht unterstehen durfte. Endlich, endlich, brachte uns die Verzweiflungsinsel fast zur Verzweiflung. Man kann den Schifffahrern nicht verdenken, solche sonderbare Namen im Ocean auszustreun. Wenn man sie auf der Charte bei den Inseln sieht, die alle schön grün, oder roth illuminirt sind, glaubt man, die Leute haben ihnen nur so leichtsinnig Taufnamen gegeben, wie der Bauer seinen Kühen und Ochsen; aber nur hinaus! da versteht man die redenden Namen. Denn wer die Desolationsinsel benannt hat, dem kann man zurufen: rem acu! Auch die Ankunft berechnen durften wir nur im Stillen; denn wenn es Capitain York oder nur Crabbe hörte, daß wir sagten: bleibt der Wind so stehn, bleibt er so frisch, so sind wir in 45 Tagen an der Bassestraße, so schalten sie gleich mit dem eignen abergläubischen Gesicht: „rechnet nicht! macht uns den Wind nicht rebellisch! Zu Schiffe heißt es: mit Einem Brot hundert Meilen, und mit hundert Broten Eine Meile." — Wir rechneten aber heimlich den andern Tag doch, 44! und so fort 43, 42, 41, 40! nun nur noch 10 nach Löwensland; in 20 Tagen erblicken wir den Möwenstein; in 6 Tagen Tasmannscap! Ich muß sagen, der alten Römer Art, die Tage zu rechnen, hat viel Hoffnungsreiches. Sie legten den Monat ganz und voll wie ein hausbackenes Brot auf den Tisch, und schnitten alle Tage ein Stück herunter. Wir machen uns die Last alle Tage schwerer, wie die Lebensjahre; 70! So! Kinderspott! Gnadegott! — Indeß hatte man uns nicht ohne Ursache das Rechnen verboten. Die Kenner des Wolkenhimmels und des Meeres hatten einen Sturm vorausgesehn, ja rascher herbeigesehnt, um ihn gnädiger zu bekommen, der aber zu ihrem Erschrecken lange auf sich warten ließ, und nur uns überraschte, die wir seine Anzeichen nicht verstanden.

Der Himmel war eines Morgens dicht und schwer

überzogen; die Wolken schienen sich, gar nicht weit von uns auf das Meer zu senken, und an Gehalt und Farbe sich ähnlich, konnte man Meer und Himmel am Horizont nicht unterscheiden. Ein unwiderstehlicher Südwest-Sturm trieb uns links von unserm Wege, an der Königsinsel im Fluge vorbei, auf die Huntersinseln los, in die furchtbare Bassestraße! Der Wind mußte Nordost gestanden haben, denn wir mußten hügelhohe Wellen, die uns noch entgegen strömten, quer durchschneiden! Im Schiffe ward alles Bewegliche von den gewaltigen Stößen durch einander geworfen; die Kanonen polterten wie Gespenster; wenn Zwei mit einander sprechen wollten, mußten sie sich anfassen, mit den Armen gegen einander stemmen und sich anschreien, wie zwei taube alte Weiber, die sich etwas Wichtiges heimlich zu sagen haben. Dem Schiffe knackten die Ribben im Leibe, die Masten knarrten und seufzeten ängstlich. Der Wind, der bisher wie ein Racepferd im Stalle, nur für ein Lamm oder einen Esel anzusehn gewesen, nur in Athem (in training) erhalten worden war, lief jetzt gleichsam Wette; es war nicht mehr dasselbe Thier, nein, ein geflügelter Drache, ein schrecklicher Dämon! Doch war ich, so zu sagen, froh: ich hatte nun erst das Meer gesehn; wenn es nur so abging! Denn wenn man Etwas dann sieht, wenn es Alles ist, was es sein kann, dann erst hat man es wirklich gesehen, vom Blüthenbaum an bis zum empörten Volke. Sonst täuscht man sich. Wie verächtlich hätt' ich zu Hause von Wind und Meer gesprochen! — Aber es ging nicht so ab. Ich sollte noch mehr sehn, was Wasser und Wind Alles sein können, scilicet, nicht nur Fische und Wolken, sondern sogar ein Himmelsthier mit einem Beine, wie es selbst St. Johannes in seiner Offenbarung nicht vermerkt hat! Wir waren den Tag über, wenn er diesen leuchtenden Namen verdiente, den Knoten nach über 100 Meilen gejagt. Crabbe, der trotzig und still am Steuer saß, hatte das Schiff durch die furchtbaren, oft thurmhohen Felsen gleichsam durchgelogen. Daß die Sonne unterging, bemerkte man bloß an einem mattgelben Scheine, der durch den Wolkendom drang, als wäre er, die See und Alles aus einem trüben Rauchtopas, worin wir steckten, wie das Insect im Bernstein. Die Wolken regneten, selbst in dem Winde, grade herunter, als wenn es ihr Letztes wäre. Der Sturm hatte sich außer Athem geheult, und hielt inne. Nach einiger Zeit kam die Wache aus dem Mastkorbe, und sagte dem Capitain einige Worte in's Ohr. Sie mußte unten bleiben. Er stand eine Weile; dann erst blickte er verstohlen unter dem Hute links und rechts nach der schroffen unzugänglichen Küste, die ihm zu mißfallen schien; zuletzt sah er nur, wie von ungefähr, zum oberen Himmel. Ich sah auch hinauf. Es war nichts zu bemerken, als ein schwarzes Ding, wie ein werdendes Fröschchen, mit einem Schweife, der nach unten hing, und sich dehnte, wie der schwarze Leib sich aufblies, und nach unten züngelte und lechzete. Jetzt aber brachen die Wolken gleichsam, wie ein Kirchengewölbe, ein, und der Sturmwind stürzte von oben herab, wie ein Kind in sein Schüsselchen bläst. Er hielt uns fest auf einer Stelle und drückte uns fast in den Grund. Der Capitain ging Befehle ertheilen.

Ich fragte Crabben auf sein Gewissen, was vorgehe?

Ernst und wild murmelt' er zwischen den Zähnen: der Himmel macht Hosen! —

Was für Hosen? fragt ich. —

Wasserhosen! Hier ist die Wasserhosenfabrik! die Gewitterniederlage! das Parlament der Winde, wo sie öfter die Sprache wechseln, als die Minister. Still! still! fuhr er fort, wir können einem Schneider das Handwerk nicht legen, der solche Pantalons macht; aber ein rechtschaffener Kerl muß das Aeußerste versuchen, eh' er sich ergiebt. Darum, Lambton, geht, Ihr seid eine fromme Seele; da habt Ihr meinen alten Hut, und nagelt ihn mit drei Nägeln an den Hauptmast, im Namen †, †, †, — Ihr wißt schon. Hilft das nichts, so hilft nichts! —

Ich eilte und nagelte tüchtig den Hut an; ja ich glaube, ich hätte eine Maus gegessen, wenn das hätte helfen sollen! Wer keinen Rath weiß, befolgt jeden, und der Hut wenigstens war behütet.

Es war plötzlich Nacht geworden, und zwar so eine, wo Eule wider Eule fliegt, sich anklammert und recht besehen muß, um die Frau Gevatter zu erkennen. Bald darauf ließ sich von Weitem ein Lärm hören, als wenn sich eine Heerde Elephanten badet, den Grund aufwühlt, mit dem Rüssel Wasser einschlürft, und fröhlich und schrecklich toset. Die Wasserhose hatte also die Meeresfläche erreicht und pumpte mit solcher Gewalt in die Wolken, daß man das Kochen und Wirbeln der See, das Schnarchen der ungeheuren Nase vernahm. Was doch in der Welt vorgeht! Was das für Dinge sind! ängstet' ich mich, und erstaunte noch mehr. Da in solcher Nacht an keine Flucht zu denken war, hatte der brave Capitain Krieg gegen diesen Polyphem beschlossen, im Fall er das Schiff allein zu entern drohte. Er ließ in Zwischenräumen mächtige Raketen steigen, die, plötzlich in die Höhe wachsend und feurige Blätter verlierend, droben gleichsam aufblühten und ihre Blume, die Leuchtkugel, an einem Fallschirm, langsam herabschweben ließen, so daß sich der Dom des Himmels weit und breit erhellte wie beim Vollmonde: Der Himmel sah während der Zeit aus, wie eine unermeßliche gothische Kirche; denn umher ragten die thurmhohen, schlanken, geschnörkelten Felsen scheinbar eben bis in die Wolken. Welche von den Säulen, die ihn zu tragen schienen, aber der Himmelselephanten-Rüssel sei, war nicht zu unterscheiden, obgleich die andern nicht weniger zu fürchten waren; nur mit dem kleinen Unterschied, daß *sie* nicht auf uns los kamen, sondern *wir auf sie*. Nur das Getose verrieth das lebendige Ungethüm, das nun auf uns zuwandelte. So glaubten wir denn, die andern Säulen würden sich nun auch in Bewegung setzen,

35

und uns befiel die einzige Furcht der Celten: daß der Himmel einfalle! Eine neue Leuchtkugel entdeckte uns den Feind nahe und riesengroß vor uns. Aber die Kanonenkugeln fuhren ihm durch den Leib, ohne daß er zuckte, wie der Elephant, von Flintenkugeln gestochen, kaum mit den dicken Füßen stampft. So bekam ich denn gleichsam noch ein Riesenbein von dem Gotte Tangalon zu sehn, der einst über alle diese Inseln und Gewässer geherrscht, und eigentlich noch hier unbekehrbar und unabschaffbar herrschte, und so stark war, Eilande wie Eier aus der Tiefe zu angeln, so wie jetzt sein Bein noch: Schiffe empor zu heben! — Der Capitain verordnete in dieser Krisis eine Salve aus allen Kanonen des Schiffes zugleich, um durch den Hall wo möglich die Wolken zu erschüttern, oder das Unthier zu erschrecken, daß es wie eine nach Raube vom Baume gestützte, und noch oben hangende Boaschlange, wieder zurück in das Gezelt des Himmels schlüpfe. — Sein Mittel hatte angeschlagen, oder hatte das Podagra-Bein des großen Christophs, wie die Matrosen diesen Pfeiler oder Absenker der Wolken nannten, schon ausgetanzt. Denn der wie von Geistern erbaute Leuchtthurm, den der Capitain aus zwei an einander gebundenen Raketen auf einige Minuten in die Luft gezaubert, ließ nichts mehr davon sehn. Der Donner war auch entsetzlich! Bis jetzt hatte ich ehrlich bei Crabben ausgehalten, aber der nun nahende Wirbelwind, die Katarakte von Sand, untermischten Steinen und sommerlauem Wasser vertrieb nun Alles von dem Verdeck. Selbst der brave Crabbe befestigte schleunig Steuer und Rad, und sich selber an das Sicherheits-Seil; ich gab ihm meine Mütze, und er sagte mir nur: „Ihr habt gut genagelt, Lambton! der Hut hat geholfen!" Wir Andern flüchteten in den Raum, und verriegelten die Fallthür über der Treppe. Unten schrien und jammerten uns die Weiber entgegen, die vor Angst halb von Sinnen und halb todt waren, wie die Weiber sind; und unser Trost „es ist überstanden" schlug noch nicht bei ihnen an. Der Capitain entmüßigte sich, ihnen zu sagen: Weiber sind nur zum Spazierenfahren! nicht zum Reisen; wenn ihr nicht auf der Stelle aufhört zu heulen, so müssen wir noch vor Euch in's Wasser springen! — Sein William aber, der sich ihm an den Arm hing, begütigte ihn; auch auf Stephan nahm er Rücksicht, der jetzt wirklich in's Steinreich zu gehören schien. Denn die Dummen fürchten und glauben am meisten. Ich setzte mich vor Ermattung; Clarke kniete vor mich hin und legte sein in die Hände verborgenes Gesicht auf meine Kniee. Und weil ich doch Mitleid zu haben schien, drückte sich auch die Martiniquerin an mich, und hielt in der Angst meine Hände fest. Bin ich jetzt gut genug, Frau Mistriß Distreß? dacht' ich. Alles war vor dem Capitain verstummt. Ich habe nur einmal in meinem Leben ein solches Schweigen gehört, scilicet, wo die ganze Kirche sich nicht getraute zu sprechen, nur zu seufzen und sich mit den Augen zu fragen, was sie thun solle, nämlich, als einst der Rector in Rowlandhill vom Schrecken am Morgen über die Einziehung seines Sohnes, auf der Kanzel während der Predigt krank geworden, nicht herunter gehen wollte, und sich auch nicht gleich erholen konnte. Wie wir so stumm im Kreise um den Capitain saßen, der allein im Zimmer umher tragirte, kam mir die Scene so vor, wie in dem kleinen Theater im Schlosse der alten verrückten Herzogin von B. — Ihr Theseus, ihr Mann, hatte sie verlassen, und sie allein führte alle Sonnabend einen ganzen Sommer hindurch das Melodrama: „Ariadne auf Naxos" bei verschlossenen Thüren auf. Die Einwohner im Dorfe waren ihr natürlich zu schlecht, ihre unwürdigen Zuschauer zu sein; deßwegen hatte sie ein schon abgesehenes Wachsfiguren-Cabinet theuer erkauft, und die hohen Personen als Zuschauer in die sechs Logen vertheilt. Da saß Suwarow Rimninsky im Hemde; Kaiser Paul, Marat, Charlotte Corday, Ankarström, Ludwig der Sechszehnte, Sokrates, Papst Ganganelli, Mirabeau, Voltaire, Friedrich der

Crußu, und Kaiser Joseph, Gott segne ihn. Mein Vater, der Kammerdiener bei der Herzogin war, hatte mir einen Platz in einer Loge hinter dem Kopfzeuge der Königin Marie Antoinette verschafft, wo ich als Kind unbemerkt statt des umgelegten Dauphins erstaunen konnte, wenn die dicke, dicke Hottentottin Ariadne zuletzt immer vom Felsen plumpte, ohne sich Hals und Beine zu brechen, selbst nicht in dem federbetteten oder bettfedernen Meere. Mein Vater regnete, donnerte und blitzte dazu furchtbar! Von dem Anblicke der Herzogin stammt mein Abscheu gegen den Selbstmord, und es wäre gut, wenn solche Damen solche Vorstellungen publice gäben zum allgemeinen Abscheu vor — dem Selbstmord! Ich lachte beinahe, indem ich das Alles durchdachte; und es that mir wohl, zu denken, daß es jetzt auch mein *Vater* sei, der so donnre und regne. Uns Allen aber ein solches, weiches, trocknes Meer zu wünschen, wie die alte verlassene Herzogin sich bereitet, vergaß ich durch einen entsetzlichen Stoß des Schiffes, welcher so darin krachte, wie es im Kopfe kracht, wenn man sich einen Zahn ausreißen läßt. Wenig Minuten darauf erscholl ein tosendes Getümmel in den Untergemächern. Es entstand durch die Deportirten, welchen es nicht zu verdenken war, daß sie nicht in der zu dem Leck hereindringenden Flut ertrinken wollten. Man konnte sie nicht beschuldigen, die Wachen überwältigt zu haben: denn diese wiesen ihnen selbst mit Dreistufen-Schritten den Weg auf's Verdeck, ja einige Hasen krochen schon in das Thauwerk. Wer ein allgemeines Unglück nicht abwehren kann, der muß es sich auch gefallen lassen, daß alle Ordnung, aller Gehorsam aufhört. Man hörte kaum den Capitain, als er Untersuchung und Ausbesserung des Schadens befahl! Denn unterdessen schwoll das Wasser sichtbar von Zoll zu Zoll. Man gehorchte ihm erst, als er die Boote auszusetzen befahl; denn damit befahl er etwas, das Jeder selbst wünschte und verlangte, ja gefordert hätte. — Da lernt' ich, was ein *Befehl* ist. — Auf dem Verdeck befand er das Schiff unbrauchbar, die Segel zerrissen, verwickelt, selbst die Mastbäume durch die Gewalt des Wirbelwindes verdreht. Das Verdeck lag voll Meersand, wimmelte von Meerspinnen und Ungeziefer aller Art, tief aus dem untersten Grunde des Meeres in die Wolken gezogen, und herniedergeschüttet. Ein gewisser See-Elephant darunter war nicht weniger erschrocken, als wir. Die Damen entsetzten sich und wußten nun nicht mehr, wohin. Das Cabinetsstück aber schnaufte, erhob sich und suchte das Meer. Die nächste Angst waren wir los! Darauf ward Alles, was besonders schwer war, was sich davon nur erreichen ließ, über Bord geworfen. Nach einer Stunde hatte das Wasser im Schiffe dennoch wieder denselben Stand. Die Pumpen hatten keinen Augenblick still gestanden. Wir waren ihrer genug zum Ablösen; aber Alles fruchtete nichts. Die finstre Nacht, die Nähe des Ufers, vielleicht irgend einer Insel, der Zustand des Schiffes, und dazu noch das Bestürmen der Weiber, die Liebe zu William und Stephan bewogen den Capitain, diesen Schiffsgott, das sinkende Schiff zu verlassen, und das große Boot zu besteigen. Die *wenigen* Soldaten besetzten es zuerst; es ward mit den besten Sachen, Geld, Papieren und Lebensmitteln in eiliger Verwirrung beladen, und da es nicht die Hälfte der Mann- und Frauschaft aufnehmen konnte, mußten natürlich die 100 Deportirten zurückbleiben. Es ward also der Unterschied zwischen uns gemacht, den jener Zeitungschreiber — beging, welcher das Ertrinken von 6 Personen und 7 Bauern ankündigte. Einer der Deportirten, ein Richter, äußerte laut, daß ein Gesetz den Römern verboten, sein Weib oder Kind mit zu Schiffe zu nehmen, „Den Römern" entgegnete der Capitain. „Ich rette, was zu retten ist, Krongut zuerst, dann Galgengut. Habt Geduld! Weiß Einer noch ein Mittel, uns Alle zu retten, der schlag' es vor. Ich erlaub' es ihm. Denn bis ich Seewasser trinke, bin Ich Capitain." Alle schwiegen ohne Rath. Mir stellte er frei, das Boot mit zu besteigen, aber die hochgehenden Wellen, das Sausen der Nacht, das fast überladene Boot, vor Allen aber das herzrührende Bitten Clarke's bestimmten mich, lieber im Schiffe zu bleiben. Und der Capitain versprach ja das Boot am Tage wiederzusenden, wenn es uns fände, um Alle, Alle zu retten. So ruderten sie ab. Und während sie Leuchtkugeln von Zeit zu Zeit steigen ließen, verschwanden sie mit dem Boot in der Nacht und der Ferne, und Crabbe's adoptirter Hund heulte vergessen und bellte ihm nach, als wir es längst nicht mehr sahen.

So waren wir uns denn allein überlassen! Von der Gefahr schien Allen nur ungewisse Rettung, von der Angst aber den Meisten gewisse, durch Betäubung vermittelst Porter, Ale, Wein, Rum und Arak, worüber sie herfielen! ja sogar Punsch machten die Furchtsamsten, und preßten Citronen mit zitternden Händen. Darauf entstand ein Lärmen, Jubeln und Singen, das über alles Vermuthen war! Wer uns gehört hätte, mußte glauben: Wir hätten die von dem erschrecklich verwogenen Capitain Parry sehnlichst gesuchte, aller Welt unnütze Durchfahrt entdeckt! Den Vernünftigen blieb, wie überall in der Welt, so auch hier in unserer Lage, die Sorge, Arbeit und Angst um die Unvernünftigen. Darum giebt es auch jetzt überall so viele — Sorge. Wir erhielten die Pumpen im Gange, und steuerten, als in der Gefahr immer das Vortheilhafteste, dem Winde nach, der sich auf einmal gewandt hatte, und uns an der Küste nun südwärts trieb. Unter den übrigen Betrunkenen, die ihre Flasche hielten, hielt ich auch meine Flasche, aber wohl verschlossen, und darin die Banknote von 100 Pfund mit der eiligst aufgesetzten Adresse:

„An Miß Marion in Schloß Rowlandhill in Altengland, von dem ertrunkenen Lambton."

Postscript:

„Jeder *unehrliche* Finder wird gebeten, diesen Fund von 100 Pfund ja abzugeben! den ehrlichen braucht man nicht zu bitten."

„ut in litteris."

Wenn das Schiff scheiterte oder versank, warf ich sie in's Meer. Es kommen ja so viele Flaschen an den rechten Mann, warum nicht auch einmal Eine an die rechte Frau.

Als Tag und Nacht sich schieden, stieß unser Schiff wiederum so heftig auf, daß Jeder, nachdem er wieder aufgestanden war (denn wer saß oder stand, fiel um), nach dem Ersten dem Besten griff, um sich darauf aus dem Meere zu retten. Dabei hatte Clarke den wollenen Waschbesen der Themis erwischt. Ich wollte die Flasche schon werfen. Aber das Schiff ging seinen Weg! es war nicht geborsten. Im Gegentheil mußte das Leck, uns unbegreiflicher Weise, verstopft worden sein: denn die Pumpen wirkten von nun an sichtbar, und wir gewannen nach und nach höheren Bord. Der Sturm hatte sich in einen frischen Wind gemäßigt, die schöne grüne Küste zur Linken war nicht fern, und das öde van Diemensland bot uns den Vortheil, uns nicht zu verirren! Denn der erste Ort, den wir erreichten, mußte Hobarttown am Derwent sein! Wir suchten so gut, als möglich, einige Segel wieder brauchbar zu machen, und der Maler Clarke war der Erste, der nähte, und die andern Weiber dabei anwies. Er war höchst dankbar, daß ich im Schiffe geblieben, und machte mich jetzt mit seinem Vetter, Herrn Tydal, auch einem Maler, bekannt und pries mich ihm als des Schiffs-Meisters Assistenten, den er immer neben dem Steuermann Crabbe am Rade gesehen. Ich dachte zwar bescheiden an das „vom ältern Ochsen lernt der jüngere ackern," aber Ich und ein alter Seemann, Herr Wardrop, zuletzt ein Juryst mit dem Ypsilon, waren doch die einzigen Steuer- und Compaß-Kundigen. Nur des Nachts wollte der Geschworne seiner Ruhe pflegen, und ließ Themis Themis sein; denn er sagte: ich bin so grausam in der Welt behandelt worden, daß ich ihr nur Böses schuldig wäre, wenn wir Rechnung machten, und mein Leben kümmert mich nicht, ich werde erst froh, wo es aus ist —

Am fünften Abend erblickten wir die Mündung eines Flusses, und er mußte der Derwent sein. Der Rauch stieg aus Hobarttown auf! Mit großem Ungeschick warfen wir den schweren Anker aus; aber er wurzelte doch, und eben so gut, als wenn ein lahmer Gärtner einen Ahorn setzt. Mich wunderte es ordentlich; aber Alles in der Welt, und die Welt selber ist und wird schon so eingerichtet, daß sie, wie das Sprichwort sagt: mit weniger Weisheit regiert wird. Und erst als wir sicher waren, fiel mir die Heimreise wieder auf's Herz, Rowlandhill, die Schule, und meine verlassene Taube, die Anna! Ich glaube, ich weinte gar.

Bis spät in die Nacht hielten die Deportirten Rath, ob sie nicht eine Colonie auf eigene Hand anlegen wollten. Mit leerer Hand? fragte Clarke's Vetter, Herr Tydal. — Oder mit Gemeinschaft aller Güter, wie die am Wabash? setzte der Sprecher fort. Und Tydal widerlegte ihn wieder: Wo Keiner nur etwas Gutes um und an sich hat, da ist auch keine Gemeinschaft der Güter! Nichts läßt sich schwerlich theilen und gemein haben. — Aber wir sind doch frei! fügte ein Dritter; der Capitain hat uns mit sammt dem Schiffe aufgeben müssen, und ob er gleich sich selbst und die Seinen uns zum Frommen als Ballast auswarf, so hat uns doch nur ein Wunder erhalten. — Richtig! schnarrte einer mit heiserer Stimme, mein Hals steht noch schief vom Hängen; aber ich ward wieder lebendig, und keine Seele, geschweige der Henker durfte mir wieder an den Hals. Aber du bist doch hier, Limmerik, warf ihm ein Bekannter ein. — Leider! schnarrte Limmerik, aber für etwas Anderes! Auf Halssachen ließ ich mich nicht mehr ein, sondern speculirte nur auf solche, worüber ich mit drei oder vier Jahr „auswärts" weg kam. Versuchen wollen wir doch, sprach Herr Tydal, Clarken die Hand reichend, ehrliche Leute zu scheinen, und so Gott will, zu bleiben! — Darauf wird doch keine Strafe stehen! schnarrte Limmerik. Alle lachten, und billigten den von Tydal vorgelegten Plan: sich für Colonisten auszugeben, die nur das Unglück gehabt, Geld, Pässe und Capitain zu verlieren. — Wenn der nur auch wirklich verloren wär'! bemerkte Limmerik. Das Bedenken aber wurde im Punsche vertrunken, über alle Lebensmittel das Testament gemacht, und wir beerbten uns selbst bei lebendigem Leibe, und zehrten Alles rein auf wie vor dem jüngsten Tage.

Wir erwachten Alle erst, als die Sonne schon lange unsichtbar arbeitend am Himmel stand, und Stimmen von Außen uns zuriefen, aus einem Boot, das gewiß schon dreimal um unser Wrack gerudert war. Ich hatte die Schläge mit den Ruderschaufeln daran zuerst vernommen, und als ich mich ankleiden wollte, vor ehrlichen Leuten sehen lassen sollte, bemerkt' ich den Zustand meiner Kleider, die durch Arbeit, Regen und Gewalt der Anstrengung verdorben, geplatzt, zerrissen, kurz recht jämmerlich waren. Clarke hatte ein wohlverwahrtes Pack mit einer neuen vollständigen Canonier-Offiziersuniform gefunden, mir längst schon hingelegt, und ich konnte nicht lange Bedenken tragen, sie anzuziehen. So nobel-militairisch gekleidet stieg ich auf das Verdeck. — Es war die Hafenwache von Hobarttown, die angeklopft. Nach und nach füllte es sich mit Deportirten. Nach einigen Begrüßungen und Verhandlungen, nahm sie so viele in's Boot, als es faßte und fuhr ab, mit dem Versprechen mehrere Boote zu schicken. Ich stieg indeß in den Mastkorb, der wie ein Storchnest auf dem Hauptmast stehen geblieben war. Der Maler Clarke war mit seinem Vetter Herrn Tydal schon droben, sie sahen sich um und in das herrliche Land hinein. Mir klopfte das Herz! Wohin sollt' ich die Blicke wenden, was zuerst begrüßen, nachher bewundern, worauf verweilen? Ich sahe nichts vor lauter Entzücken, ich fühlte nur die blaue Blendung des Himmels in den Augen, Frühlingswärme um mich her! Ich hörte ein Rauschen von den Bergen, ein Wehen in den Wäldern, ein Schwirren und Girren um die Felsen. Oben flatterten eilende Wölkchen, und auch drunten im Wasserspiegel; und der Fluß kam so ruhig mitten hindurch und störte das stille Gemälde nicht. Jetzt war Herbst in Altengland! Die Bäume hatten ihre Früchte getragen, das Feld seine Aehren; dort hing nun Reif um die Berge, Nebel in den Gründen; Spinnen hatten ihr unabsehliches Gewebe über die Fluten und Anger gesponnen, und Thau hing daran und flimmerte, und was kommen sollte, war — der Schnee auf den weißlichen Wolken, und die langen Abende und der kürzeste Tag! Hier kam ich gleichsam in eines andern Meisters Werkstatt, der eben Frühling machte, und doch war es derselbe Meister! Die Theemyrte grünte, die Sprossentanne blühte, junger Mais, selbst junger Lein, war schon so hoch, daß die Lüfte ihn bewegen konnten. Mit leichter Täuschung wähnt' ich, hier sei es ewiger Frühling, unter den Cocospalmen, den Brotfruchtbäumen das Paradies! Und wie friedlich ruhten die Hütten der Menschen! Wie wuchsen die Kohlbäume, Papierbäume, Cedern und Pisang, da, wo der Mensch sie gepflanzt! Wie bewegte der Wind die Windmühlflügel, wo der Mensch sie ihm, wie einem himmlischen Kinde, zum Spiel hingestellt; wie führt' er den Rauch von den Hütten, wie Kreisel treibend hinauf in den ewigen Himmel, wo der Rauch zum Wölkchen ward, und fortschiffte mit Wölkchen, still wie ein Lamm, das neu gekauft zu der Heerde läuft. Die Sonne bleichte Leinwand, wo sie die Mädchen hingebreitet und eben begossen, und der Hauch der Luft wehte mir ein Wort, eine Strophe aus ihren Gesängen zu, die mir vorkamen, wie das Athmen der Erde selbst, voll Wohlklang! Weiter hinaus aber weideten Heerden, und die Lämmer fraßen sich satt an Blumen, die Ziegen an Blüthengesträuch, und die Rinder wandelten langsam nach und verloren sich in den Thälern. Dort zogen Schützen in die waldbewachsenen Berge, und über diesen erhoben fernere Gebirge ihre beschneiten Scheitel, wie Greise über junges Volk hinwegragen. Glückseliges Land! rief ich aus. Ja wohl, glückseliges Land! sprach Herr Tydal; hier sind die Kinder Israel nicht in der Wüste umhergerannt, und doch wird Moses und David unter Euch wandeln! Hier haben die Juden Jesum nicht gekreuzigt, und doch wird sein Evangelium zu Euch kommen! Hier ist Cäsar nicht ermordet worden, und doch werdet Ihr frei sein! Hier hat kein Mönch einen Kreuzzug gepredigt, und doch werdet Ihr Bäume, Künste und Gelehrsamkeit des Morgenlandes haben! So alles Frevels, aller Verbrechen, alles Blutvergießens überhoben, werdet Ihr die Ernte von Europa gesammelt, gedroschen, geworfelt und rein genießen! — Glückseliges Land, rief ich darein, sei gesegnet, wenn ein Schulmeister auch segnen, oder Segen erbitten kann. — Und ernster fuhr Herr Tydal fort: ich habe dich gesehen, Ulimaroa, das Land, wohin Alles sich hinüber retten wird, was bei uns gedrängt fliehen wird; wo auskeimen wird, was bei uns verweset. Nun ist mir schon wohl, und freudig kehr' ich einst wieder selbst zu der vorher ausschweifenden, nun dafür zu Tode curirten alten Betschwester Europa, und sterbe noch im Vaterlande, und bleibe dort in die Erde gesenkt bei den Meinen! —

Clarke schwieg und hatte nur seine Freude an dem schönen begeisterten Mann, den er seinen lieben Vetter nannte, umarmte und zärtlich küßte. Auch ich war so begeistert, daß ich glaube, ich hätte hier müssen mein erstes Gedicht machen. Mir war in meinem Leben zuvor nie so leicht, so frei, so wonnig zu Muthe, und auch nicht so schwer, so beklommen; die Gedanken drängten sich mir gewaltsam auf, und nahmen mich ein — aber sie überwältigten mich. So ist der Mensch! Heut hab' ich Mühe, sie nur nachzudenken; und wenn ich auch einige wiedererhascht, so fehlt mir schon das Gefühl, das sie begleitete; doch bin ich noch davon gestärkt. So wächst ein Baum von dem zurückgelassenen eingedrungenen Wasser aus sanften befruchtenden Gewitterwolken, die mit ihren Schauern, ihren Rosenblitzen längst entwandelt.

Nun kam das Boot, auch *uns* abzuholen. Wir wunderten uns nicht wenig, daß keine neugierige, müßige, lumpige Menge am Ufer stand, uns zu betrachten; nicht ein Kind! Ganz Hobarttown war still, wie eine Kirche. Auch das mußte mir gefallen. Als ich ausstieg, präsentirte eine Wache an einem schönen öffentlichen Gebäude vor mir das

Gewehr, und ich legte die Hand verkehrt an den Hut — in meinem Leben mein erster Betrug! Ich war gewiß roth geworden, das Gesicht war mir warm. Meine Gefährten fand ich in einer Art Börsenhalle, umhergehend, und nicht recht wissend, was sie thun oder reden sollten. Ich hatte ihren Steuermann vorgestellt, und Ein Dienst, oder Ein Amt macht ja Collegen! Indeß die meisten einige Erfrischungen, ohne Zweifel auf Credit, zu sich nahmen, trat ein Herr aus Hobarttown unter uns, den ich nur von den Füßen aufwärts bis an die Herzgrube anzusehen wagte; aber auch so schon vermuthet' ich, daß er ein heitrer rothbackiger Mann sein mußte, denn auf einem dicken Bauch steht ein fröhliches Haupt. Er hatte sich an einige Frauen gewendet und erfahren, daß wir mit dem Schiff Themis, Capitain York, gekommen wären. Er nahm einige Prisen Tabak hinter einander, während er einen bekümmerten Blick umher that, und sagte: Ja, den erwarten wir! Clarke klagte ihm mehr unser Unglück, als er es erzählte. Also der Capitain und die Mannschaft fehlen! wiegte der dicke Herr mit dem Kopfe — und die Deportirten! setzte ein sonst ehrwürdiger Herr hinzu, der uns Alle für rechtschaffene Auswanderer gehalten wissen wollte, indem er der Frage nach jenen, welche dem dicken Herrn auf der Zunge schwebte, vorzubauen gedachte. — Capitain York ist zwar ein höchst braver Mann, und verbirgt seine Menschenliebe gern unter seinem barschen Wesen; aber daß er die Deportirten eher geborgen, als Sie, verehrte Herren, scheint mir zu unhöflich von ihm, sagte er lächelnd; darf ich um ihre Pässe bitten? — Unsere Pässe! schnarrte Limmerik. — „Die meine ich, ja!“ —

Wir sind Ausgewanderte! sprach Herr Tydal. Die Lasten und Laster sind in Europa zu groß; Kinder kann man nur mit Zagen der Zukunft überlassen; zuletzt will man auch noch England die Schlinge über den Kopf werfen; die Nebelkappe tragen wir schon. Kein Pächter besteht mehr; die Dampfmaschinen richten die Armen, die nur Arme haben, zu Grunde — so wollen wir frei von all' dem Unsinn, der sich wieder emporhebt, wie der alte Löwe, den der Esel doch noch nicht recht getroffen hatte, unbekümmert um Alles, was dort noch geschehen kann, wenn Gott nicht Gott ist, hier eine Colonie gründen. —

Ihre Klagen sind allgemein, sprach unser ungebetener Gast; jedes Schiff bringt neue mit; aber hier verhallen sie, und sprechen nicht an. Freilich scheinen die Dampfmaschinen nur wohlthätig in einem Staate, der mit ihnen groß wächst, wo Land genug ist, wie in Amerika und hier. Jedoch sind wir in Hobarttown schon so weit in Cultur und Sitten, daß unter die vormaligen Verbrecher sogar nicht einmal Auswanderer aufgenommen werden, die nicht treffliche Zeugnisse ihrer vortrefflichen Aufführung im allervortrefflichsten England aufzuweisen haben. Haben Sie also wenigstens Pässe, so weisen Sie mir nur diese gefälligst auf — ich bin nicht zudringlich, noch unverschämt — ich bin hier Polizeidirector. —

Polizeidirector! schnarrte Limmerik — wenn ich Dich nicht gleich erkennte, Roßborn, Dich, den — Du weißt schon — Du wirst es gleich wissen, wer Du bist, wenn ich Dir sage, Roßborn, ich bin Limmerik mit dem schiefen Halse; Du weißt schon, wovon er schief ist! Ein Glaube ist des andern werth! Soll ich Dir allein glauben, Du seist Polizeidirector, so sei so gütig, uns Allen zu glauben: Wir sind Ausgewanderte! —

Der Polizeidirector, der nur ein wenig röther geworden, und werden konnte, als er war, sagte jetzt unbeleidigt und lächelnd: Wenn Du hier bist, Limmerik, weiß ich, wer die Herren und Damen alle sind! Auch seh ich keine Kinder, und die sind oft das Einzige, was Colonisten bringen; der Capitain wird schon die Rechten geborgen haben! Doch seid Alle willkommen, Ihr Linken, wer Ihr auch seid, auch Du Limmerik! War ich wie Du, so werde nun wie Ich; der steife Hals und die heisere Sprache werden sich unter unserem reinen Himmel schon verlieren! —

Nimmermehr! schnarrte Limmerik. O bald! widersprach ihm Herr Roßborn, recht tröstlich und freundlich; zuerst vergißt man England, ist frei von aller Verleitung durch Umstände und Menschen, in die man dort wie gebannt ist; dann wird man ruhig, darauf umsichtig, geschäftig, dadurch reich, wenn man will, und zuletzt dick, wenn man muß. —

Limmerik schüttelte sonderbar mit dem schiefen Halse den Kopf. Sprich, Limmerik, fuhr Herr Roßborn fort, warum bekehren sich in Altengland die alten Sünder, selbst die jungen, wenn sie — sterben? Weil sie glauben, in den Himmel zu wandeln, wo Alles ehrliche Leute sind, wo Lug und Trug durchschaut wird, wo man zuerst Jedem das Beste zutraut, und Er sich selbst dann alles Gute. Hier ist so eine Art Himmel! Limmerik, hier nutzt es nichts, böse zu sein, und was das Vortrefflichste ist, man hat es nicht nöthig! Wer nur genug zu essen und trinken, alles Nöthige zum Leben hat, der sündigt nicht grob. Jesus *heilte* zuerst die Lahmen und Gichtbrüchigen, machte die Kranken gesund, und speisete die Hungrigen, *dann* — lehrt' Er sie. Das ist der Gang der Besserung.

Herr Roßborn sprach mit Willen so laut, daß wir Alle seine Worte hören konnten und sollten. Aber was führt Dich hieher? fragt' er Limmerik näher. — Die Angst, die ich im Grabe ausgestanden, erwiederte dieser, als sie — nämlich die Ochsen unter den Menschen   mich als einen *armen* gehangenen Teufel ohne genauere Untersuchung und große Umstände, lebendig beerdigt hatten, weil kein Hahn nach mir krähen würde; und als doch auf meinem Grabe Einer nach mir krähte — die Höllenangst verpflichtete mich (die 15 Guineen für Mann oder Frau nicht gerechnet), ein Auferstehungs-Engel zu werden! und da Zwei von meinen Erlösten wieder lebendig geworden, und mir eine Pension gaben, da schon Morde durch meine Erlösungen von den

Todten zu Tage gekommen, bin ich belohnt genug! Ich
werde auch wieder damit fortfahren, wenn ich nach
Altengland gekehrt bin! Ich weiß die Patentsärge schon
patent zu machen! Sage nun, Herr Roßborn, ob ich nicht
unschuldig hieher gesandt worden bin, wo wahrscheinlich
bessere Todtenschau ist, als bei den Juden. —

Du sollst hier dabei angestellt werden, versicherte ihn
Roßborn.

Nun? wandt' er sich gegen die Andern. Einige dreiste
Männer behaupteten noch keck gegen den Polizei-Director,
daß der Capitain, wie es gewöhnlich sei, alle ihre
Legitimationen zu sich genommen habe und habe sie da, wo
Er sei. So schafft den Capitain, entgegnet' er ernst! wenn ich
nicht schlimmer von Euch denken soll. — Er schnupfte
dazwischen. — Doch *danach* sehen Sie mir nicht aus, meine
Herren, sprach er gelassen, ja verbindlich; die Herren
Deportirten kommen immer besser; immer gebildetere,
geschicktere Leute! Auch den Damen mache ich mein
Compliment! Die Fäulniß, das Miasma muß dort sehr groß
sein, daß man schon Kernobst auslesen muß, welches noch
so frisch und schön aussieht! Mancher von Ihnen, hat
kaum einen angelegenen *Fleck*, meine Herrn Deportirten. —

Desto weniger wollten sich nun Einige gefallen lassen,
Deportirte zu heißen, und protestirten feierlichst. Da trat
mein lebenssatter Gehülfe am Steuerrade, Herr Wardrop der
Geschworne, hervor und sprach: Ja, wir sind Alle
Deportirte! Schonen Sie uns nicht, milder Herr Roßborn!
Muß ich denn überall Gnade finden! — Er hielt jammernd
inne; ich war erschrocken, daß er mich mit vermengte! Dann
fuhr er fort: Fragen Sie die Uebrigen nach den Ursachen
ihrer — Reise; die meiner Verweisung ist, daß ich
Geschworener war, und über 10 Menschen nur mein noch
fehlendes „Schuldig!" nach einem Gesetz ausgesprochen
hatte, welches den Tag nach ihrer Hinrichtung abgeschafft
ward! Seit der Zeit hatte ich ein billiges Mißtrauen in mein

Amt, in meine Befugniß, die so wandelbar war, und wünschte mir den *Tod*. Aber das Gesetz hatte keine Ursache wider mich, bis ich denn Jemanden tödtete — um gerichtet zu werden. Aber das Gesetz läßt, und ließ mir in diesem Falle diese Wohlthat nicht angedeihen, ob ich mir gleich einen vornehmen reichen, aber verderblichen Mann ausersehen, um mir und dem Volke zugleich einen Dienst zu erweisen. So bin ich leider nun hier! Aber ich habe auch hier schon einen Kirchhof mit Gräbern gesehen, und diese lassen mich mit Grunde hoffen, daß die Menschen auch hier nicht unsterblich sind! —

Armer Alter! bedauerte ihn Herr Roßborn; und in die Vorstellung des Geschworenen eingehend, sprach er zu seiner Beruhigung: Freilich sind viele Gesetze nur versteinerte Meinungen alter, vorlängst versteinerter oder gleich steinharter Menschen; und nach Meinungen sollte man nicht verdammen, und auch Meinungen nicht; denn sie ändern sich. Kein einziges Verbrechen in der Welt, seit sie steht, ist zweimal begangen worden; jedes war anders: denn die Menschen waren immer Andre, die sie begingen; also die Gesinnung, und was den Hauptunterschied macht: die Veranlassungen, die Umstände! Es sind also noch nicht Gesetze genug; jeder Fall verlangt also ein neues — oder Alle verlangen: geschworene Richter! Sie haben also einer ehrwürdigen Anstalt gedient — dabei nahm er seinen Hut etwas ab. — Aber, warf der arme Mann ein: der Richter ist vergebens weise, mild, menschlich, und ein Christ, wenn er nach alten, nach grausamen Gesetzen richten muß! — Dafür ist die Gnade des Königs, das einzige wahre Gesetz, das Gesetz der Liebe — sprach Herr Roßborn, und hier um uns sind hundert lebendige Beweise davon! — Dabei nahm er wieder seinen Hut einen Augenblick ab, und da er Zeit gewinnen zu wollen schien, und sich manchmal wie nach der Wache umsah, fragt' er einen Blinden, warum er denn hieher gekommen? —

Fragt meinen Vater, Herr! antwortete er. —

Der bin Ich! sagte ein untersetzter starker Mann; ich, Meister Cornbull, der Fleischhauer. Mein John wollte sich das Stehlen nicht abgewöhnen lassen, so oft ich ihn auch nur durch schweres Geld gerettet. Und da ich Thor glaubte, die Augen verführten nur zum Bösen und fehlten nur, so macht' ich — den Fehler gut! Dafür bin Ich nun hier! Bin ich nicht unschuldig? half ich nicht zur Ordnung? hatt ich nicht noch fünf Kinder, die mein Geld besser brauchten? Aber mein durch mich blinder John *hörte* noch den Klang des Geldes, und fühlte das Gewicht, und stahl wieder, das Rabenkind! und darum ist Er hier. Aber hätt ich ihm auch die Ohren abgeschnitten, und die Hände salvirt, so hätt' er noch Pech an die leeren Aermel gestrichen, die Zunge zum Diebe gemacht, oder einen Hund abgerichtet, wie wir einen mit haben, als Deportirten, indeß sein Herr Diebsmeister zu Hause sich gütlich thut und uns auslacht! Kurz, er ist mein Sohn nicht mehr! und ich hoffe, daß auch Sie ihn nicht bessern, sonst sollten mir seine pfiffigen Augen erst leid thun! —

Zwei andere verwogene, noch rüstige Männer traten indeß Herrn Roßborn an, und forderten gute Behandlung. Ich heiße Hogg, und mein Camerad Woost, sprach Hogg. Wir im Alter erst geizigen, armen Schelme hatten uns wegen Theilung unserer Beute bei einem Fange auf der Straße vor Gericht verklagt, und der Richter ließ uns Beide gefangen setzen! Ist das erhört? Waren wir verklagt wegen Diebstahls? Hatte man Zeugen? Darf man in Altengland nicht mehr treiben, was man will? Ueber meine Person und Thaten bin Ich Herr. Thue ich gegen das Gesetz, das kann nur heißen: sehen mich die Augen des Gesetzes die 24,000, der 12,000 Auflaurer in London; ergreifen mich seine Arme, die Häscher; verdammt mich seine Zunge, der Richter: dann verfall' ich seinem Arm, dem Henker. Aber kein lebender Mensch hat Macht über mich; nur der Buchstabe, der todte

Buchstabe, sag ich! Himmelschreiend ist's, daß wir verwiesen sind, so gut, wie das halbe Dutzend, welches der Sheriff angewiesen hatte, mitzustehlen, um eine Bande zu ertappen; aber da es mit ertappt wurde, war der Sheriff todt, und nur aus Gnaden ist es lebendig; da steht's! —

Herr Roßborn schnupfte wieder, und fragte dann die Beiden: Auf wie lange seid Ihr verwiesen? Woost antwortete: auf 40 Jahr zusammen; einzeln Ich 20, und 20 Hogg. Wie alt seid Ihr? fragte Roßborn weiter? — 130 Jahr zusammen, antwortete Woost, einzeln 67 Hogg, und 63 ich Woost. Also ungefähr 10 Jahr nach Eurem Tode können erst Eure Verwandten Eure freien Gebeine sich holen, versetzte Herr Roßborn; hütet Euch vor Ketten; denn wer in Ketten nur eine Prise Tabak stiehlt, wird gehangen. Dabei ließ er sie gefällig aus seiner Dose schnupfen. So werdet ihr alles Andere bekommen, was ein Mensch bedarf, sagt' er.

Indeß waren einige sehr wohlgekleidete Herren hereingetreten, welche Roßborn höflichst begrüßte. — Nun? fragte der Eine, werden Sie dieß Mal Bedacht auf uns nehmen können? —

Zu dienen! antwortet' er, sehen Sie sich um! Wessen Sie sich annehmen, für den mögen wir nur bei Zeiten ein Stück des schönsten Landes abmessen! —

Nach einem Gange durch die Halle kam der ernste, hagere Herr wieder in unsere Nähe, und indem er die Blicke auf mich und Clarke mit Wohlgefallen heftete, wobei er jedoch, wie falsche Menschen thun müssen, mit den Augen blinzelte, schien er Roßborn nach uns zu fragen. Clarke's Vetter, Tydal, der es bemerkt, und bisher geschwiegen, trat zu Roßborn, und sagte bescheiden: ich empfehle Ihnen diesen jungen Mann zu guter Behandlung, er heißt Clarke und ist ein Maler. Seine Armuth und seine Kunstliebe und ein in Strandstreet ausgehangener illuminirter Kupferstich von dem reizenden Hobarttown, haben ihn zu der Habhaftwerdung von so wenig Farben und Malergeräth hingerissen, als ihm besonders dazu nothwendig waren, seine Deportation hierher zur Folge zu haben; sonst ist er unschuldig!

Clarke erröthete hoch. Und Sie, redete Roßborn mich lächelnd an, Sie haben gewiß auch nichts begangen? —

Ich? in der That aber gewiß nichts! erwiedert' ich verlegen. —

Also wieder ein unschuldiges Kind! wie heißt es denn? —

Lambton! stammelt' ich kleinlaut, meinen Namen unter so drückendem Verdacht zu nennen. Ich erzählte ihm darauf meine Geschichte, und Clarke wollte sie bestätigen. —

In der Ukraine, wie ich glaube, bemerkte ihm Roßborn, bedarf es Sieben Bauern, um gegen oder für einen Edelmann zu zeugen; hier ist noch mehr wie Ukraine! — Darauf wollt' ich mein entscheidendes Zeugniß, vom Capitain, Steuermann und Stewart unterschrieben, hervorlangen, und suchte es dringlich, aber — vergebens! Das war wohl ein Jammer, und machte mich noch verlegener und verdächtiger! Der Capitain muß es haben, er wollte es noch untersiegeln! — entschuldigt ich mich ängstlich.

So warten wir auf den Capitain! morgen geht eine Golette ihn aufzusuchen; sprach Roßborn geduldig und ohne Bitterkeit. Wenn Sie Lancaster-Schulmeister sind, und nicht Canonieroffizier, Herr Lambton, kommen Sie uns wie vocirt! Wir wollen nicht hinter Georgtown, uns nördlich gegenüber, zurückbleiben, das schon seine Lancaster-, ja seine Sonntagsschule hat. Und wie noch keiner aus dem gefahrlosen Völkchen der Schneider hieher verwiesen worden ist, so fand ich auch noch nie einen einzigen Lancasterschüler, und deren Zahl muß doch Legion sein! Selbst nicht einmal vor Gericht erschienen ist noch je auch nur Einer. Sie sind also willkommen, Herr Lambton, und gehen indeß mit Herrn Clarke in das Haus des eben so angesehenen, als reichen Herrn Samuel. — Während er uns in seine Schreibtafel aufzeichnete, fragt' er noch, wie alt ich

54

sei. Ich sagt' ihm: Sie erlauben, daß ich eigentlich erst 5 Jahr alt bin. — Das hieße richtiger 5 Jahr jung! Aber wie versteh' ich das? sind Sie ein Riesenkind? — Das nicht, erwiedert' ich; aber ich bin an dem raren 29sten Februar geboren, und Anno 1800 ist der Schalttag ausgefallen, so hab' ich am letzten 29sten Februar 1816 erst meinen fünften Geburtstag gefeiert. — Sie sind also gegen 24 gemeine Jahr alt, nach gemeiner Menschen Rechnung! Ich wünsche Ihnen auch die Zahl der Lebensjahre gemeiner Menschen! Sie sind gewiß ein Glückskind! lächelte Roßborn. Alles Andere wird Ihnen Herr Samuel sagen und erklären, Arbeit und Gehorsam!

Er empfahl sich diesem, und wandte sich nun zur Versorgung der Andern. Tydal nahm mit Umarmung und Thränen von seinem Vetter Clarke Abschied. „Auf Wiedersehn alle Sonntage!" versprachen sie sich. Darauf übernahm Herr Samuel mich und Clarke.

Da wir uns Beide, indem wir ihm folgten, noch oft mit bekümmerten Blicken nach den Zurückgebliebenen umsahn, was aus ihnen werden würde, tröstete uns Herr Samuel von selbst darüber und sprach: Seid ruhig, lieben jungen Freunde! Wer hier nicht in tadellose Familien als Hausgenosse und Arbeiter gegen einen mäßigen Lohn untergebracht werden kann, bekommt sogleich Mittel, das Geschäft, welches er versteht, anzufangen, bis er es auf eigene Rechnung vermag, und sein eigenes Hauswesen gründet. Arbeiten lernen, Menschen werden — ist ihre Strafe; durch Beleidigung Anderer sich nichts Böses thun, ihr Pensum. Wer so klug ist, das zu lernen, wozu doch wenig Kopf und Herz gehört, wird mit Ländereien belohnt, die er sich anbaut. Um ihm dabei an die Hand zu gehn, bekommt er Neuverwiesene zur Hülfe, die sich wieder bei ihm Haus, Ländereien und Gehülfen erwerben. Und das so fort. Die Uebrigen arbeiten für die Colonie. Aber man sollte aufhören, Uns immerfort neue — Colonisten zu schicken. Man schicke sie *dem Lande*. Jeder bessert sich selbst am besten. Die neuen Brauseköpfe stören uns nur zu oft. Wir sind friedliche glückliche Bürger, unsere Herzen sind ausgeheilt und fest, ja wir deportiren schon selbst in die Inseln, und allemal steigt uns die Röthe in's Gesicht, wenn wir ein neues Kronenschiff beilegen sehn. Aber das gehört noch mit zu unserer Strafe! Denn damit Ihr Euren neuen Hausherrn kennt, sag' ich Euch unverhalten, daß Ich auch ein Deportirter war. *War*, wohlgemerkt! Einer von denen, die zuerst hier ankamen, und das Alles erst mit einrichten halfen, was ihr fertig seht. Ihr werdet es unvergleichlich besser haben!

Fast am Ende der Stadt gewahrt' ich einen schönen Brunnen am Wege, und sah hinein, indeß Herr Samuel vorausging. Was erblickt' ich! Tief und geräumig ausgemauert und reinlich, enthielt er eine niedrige Pumpe in seinem Grunde; aus dem vorüberfließenden Bache fiel ein abgeleiteter Strahl in denselben hinab. In dem davon unten gesammelten Wasser stand ein junger Mann schon bis an die Lenden umspült; es schwoll allmälig höher und höher, und ich sahe vor Augen, er mußte zuletzt ertrinken, wenn er nicht pumpte! Er stand mit übergeschlagenen Armen. Besorgt um ihn, rief ich ihm zu. Er sah empor, und ich traute meinen Augen kaum, als ich unsers alten ehrwürdigen Rectors Sohn, den falschen Spieler auf Jamesstreet in London, an dem Gesicht erkannte, das von der hinabfallenden Helle des Himmels erleuchtet erschien. Verlegen begrüßt' ich ihn ehrerbietigst, und machte einen Diener nach dem andern hinab, und entschuldigte mich, ihn hier drinnen gesehen zu haben. Er aber griff zum Schwengel der Pumpe, und pumpte gelassen und träg, wie ein vornehmer Herr arbeitet, nur aus Noth, nicht zu ertrinken, mit den Händen, die vorhin nur Karten gehalten. Herr Samuel, der mich vermißt hatte, kam zurück, und da er mich neugierig sah, sagt' er: Das ist der Appelmannsborn! Herr Lambton, worin die vornehmen Sünder an Arbeit gewöhnt werden. Und nach einigen Monden Uebung werden die Hände gangbar und geschmeidig; jede andere Arbeit wird ihnen auf diese leicht, und darum werden sie dann auch willig dazu, und ihr Lebensglück ist gegründet! — Im Gehen erklärt' er uns weiter: Ich verschrieb gleich im ersten Jahre Sämereien aus Holland, und statt des Samens ist der Zettel aufgegangen, in welchem sich jener befand, und trägt nun gute Früchte! Das Blatt war Seite 302 und 3 aus Philipps *von Zesen* Beschreibung der Stadt Amsterdam, wo 1595 unter den vier Bürgermeistern Reinier Kant, Balzar Appelmann, Bartel Krumhaut und Jakob Buhlensen das Clarissenkloster in ein Arbeitshaus verwandelt, und Isebrand Benne, Isebrand Harmann, und Heinrich Bauch zu Zuchtmeistern bestellt wurden, die alle verstellte Besessene, Taube, Blinde und Lahme von der Straße durch den segensreichen Appelmannsborn zur Arbeit brachten. Da war auch „das Zimmer der Unsichtbaren," als ungerathener Kinder und böser Weiber, welche der Mann zum Schein in das Bad schickte, die aber unterdessen hier gebessert wurden, ohne Schande davon zu haben. Ein solches Zimmer der Unsichtbaren ist nun zwar ganz van Diemensland, aber den Appelmannsborn können wir nicht entbehren, und mit gutem Gewissen ihn recommandiren!

Herr Samuel führte uns am linken Ufer des Flusses hinauf, während er uns die schönen Meiereien zeigte und ihre Besitzer nannte. Als wir unter Bewunderung der reizenden Lage bis dahin gekommen, wo der Derwent eine Wendung nach Morgen macht, wodurch gegenüber ein malerisches Vorgebirge entsteht, von den frischesten höchsten Platanen bewachsen, wendeten wir uns links in ein mäßig breites Thal, welches sich sanft nach Abend erhob, wie ein rückwärts hingelehntes Gemälde. Hier lag seine Meierei in einem großen Park. Ein klarer Kieselbach rauschte in mehrern kleinen Wasserfällen, die in der Sonne blitzten, uns entgegen, als wir den sanften Weg hinanstiegen. Unter blühenden Apfelbäumen standen kleine niedliche Tischchen, Bänkchen und Stühlchen, um welche viele kleine Mädchen und Knaben versammelt waren, eine kleine Schule voll, die unmöglich alle Herrn Samuel gehören konnten, und also Kinder aus der Stadt sein mußten, die hier spielten. Gleichwohl hatten sie sich allerhand herrliche Blumen und prachtvolle Blüthen abpflücken dürfen! Die Mädchen putzten sich mit den Granatblüthen, ließen einander — diese von ihrer Winterfeige, die andre von ihrer Orange essen. Die Knaben verfolgten sich mit blühenden Nectarinenzweigen; die größern liefen fliegenden Eichhörnchen nach; die kleinern kollerten abgefallene Cocosnüsse den Abhang hinunter, oder hämmerten daran. Jetzt kamen sie um Herrn Samuel und langten an ihm herauf, und hingen sich an ihn. Das ließ er zu ihrer Gnüge geschehen. Durch blühende Sträucher und üppige Baumgruppen, mit unzähligen Singvögeln und Papageien besetzt, kamen wir an eine Brücke, wo sich das Thal in zwei schmälere Gründe theilte, welche sich in der Entfernung immer weiter aus einander zogen. Aus jedem derselben rauschte ein Bach her, welcher sich hier mit dem andern in seiner Natursprache murmelnd begrüßte und, wenigstens doch vor seines klaren Laufes Ende mit ihm vereinigt, eilte, die Wasserfälle zu bilden, die uns geblinkt hatten. Jetzt betraten wir den mit einem sogenannten unsichtbaren Zaune umgebenen Ziergarten des Parks. Er nahm den Abhang der zwischen beiden Bächen hoch in der Mitte liegenden breiten Ebene ein, auf deren vorderem Raume ein einfach geschmücktes geräumiges Wohnhaus uns entgegen schimmerte. Als wir droben auf dem kostbaren Rasenstück vor demselben angelangt waren, wendeten wir uns erst, um die Aussicht zu bewundern. Denn wirklich war sie wundervoll. Uns gegenüber das Vorgebirge mit seinen Platanen; rechts und links zu unseren Seiten das fruchtbarste, sorgsamst bestellte Feld; vor uns im Thale der majestätische Fluß, in demselben hie und da kühn und hoch emporsteigende Felsen, wie Pfeiler einer uralten Riesenbrücke, oben mit überhangendem Gebüsch gekrönt, von girrenden Tauben bewohnt, und weißen Wasservögeln umschwärmt. Rechts weiter hinaus der Meerbusen von sanften Hügeln umlagert, voll immergrünender Bäume; in seinem Schooße die sicher ruhenden Schiffe von schwarzen Schwänen und Enten umsteuert; uns zu Füßen die wohlgebauete Stadt, jedes freundliche Haus in seinem Garten, in seinen Blumen! Und nun erst die röthlichen Ufer des Derwent hinauf; hier Cocospalmen, weiter hin einzelne Mahagonibäume, die, wie neugierige Kinder, sich bis an die steilen Abhänge gewagt, sich mit ihren Wurzeln anklammerten, um hinunter zu sehen; andere, die auf blumigen Hügeln, wie Wanderer vor Verwunderung, stehen geblieben zu sein, oder dem Fluße immer weiter entgegen zu gehen schienen, bis wo er in Nordwest aus Marmorfelsen hervorglänzt.

Und doch bot sich die schönste Aussicht uns erst *hinter* dem Hause dar. In bequemer Nähe lag der reinliche geräumige Meierhof in Frucht- und Küchengärten; noch weiter hinaus die Schäferei, und hinter derselben die fette grüne unabsehliche Trift in immer blasserem Schimmer bis hin an die sonnigen Berge, von Thälern und Schluchten durchbrochen, durch deren Lücken die fernern Gebirge hereinsahen nach der nie gesehenen, reizenden Pflanzstadt. —

So sieht ein englisches Kind von 15 Jahren aus! bemerkte Herr Samuel, immer noch mit Vaterlandesstolz, als wir in die schöne Rundansicht versenkt schwiegen. Hier kann ein Engländer England vergessen! rief ich aus. Wenn er muß, und dann noch nicht, erwiederte Herr Samuel mit leisem Tone. — Wenigstens Rowlandhill mitten im Lande, schränkt' ich ein. — Rowlandhill! wiederholt' er. Ihr seid von Rowlandhill? Lambton! frug er mit einem düsteren

Blicke, der keine Antwort begehrte. Er setzte sich auf eine Marmorbank und zeichnete mit dem Stocke ein T in den Sand, machte ein Ausrufungszeichen dahinter, und verzog Alles wieder. Wen er aber mit dem H gemeint, welches er aus Punkten in die Erde gestochen, den schien er gleichsam durch tiefes Einbohren mit der Spitze des Stockes erstechen zu wollen. Als er darauf in sich versunken lange sitzen blieb, gingen wir, schüchtern gemacht, indeß auf das Haus zu. Aus der Thür trat uns eine reinliche, braungekleidete Alte entgegen, welche mit scharfen Blicken ohne Gruß an uns vorüber eilte, da eben Herr Samuel rief: „Frau Russel!" Dieß war also ihr Name, der mehr sagt, als wenn ich sie beschreiben wollte, und sagen, sie war eine halbe Kalmuckin, rauh, ja roth, hatte dunkelrothe Backen u. s. w. Nachdem sie mit Herrn Samuel einige Zeit vor ihm stehend gesprochen hatte, kam sie wieder zu uns und hieß uns willkommen, indem sie einen Schlüssel aus dem ihr anhangenden Bunde suchte. Wir freuten uns erstaunend, sie zu sehen, scilicet mit Worten; aber im Herzen war die Freude noch zu ertragen. Doch muß ich ihr nachrühmen, daß sie so viel Sittsamkeit besaß, die etwas steile Treppe nicht vor uns hinaufzusteigen; sondern sie commandirte uns im Rücken wie ein braver Offizier: vorwärts! — links! — über den Saal! — rechts in das kleine Giebelstübchen mit einem Bett, — welches sie mir und Clarken anwies. Clarke wollte einige Einwendungen gegen das Schlafen in Einem Stübchen und in Einem breiten Himmelbett machen mit bevorstehenden heißen Nächten, Enge des Bettes; aber sie entschied: Miß Lisanna könne erst in 14 Tagen mit den neuen Betten fertig werden, welche sie nähe und stopfe, da ihr die Sorge für den Garten obliege; und sie selbst habe Haus, Küche und Rauchkammer zu versehen!

Clarke war roth und verdrüßlich, worauf sie keine Rücksicht nahm. Sie sagte uns kurz und deutlich, wozu wir im Hauswesen bestimmt seien, nämlich zur

Landwirthschaft! Clarke solle die einjährigen Lämmer hüten, ich aber, Lambton der Schulmeister, die Rinder! — Das edle Wort bubulcus, der Hirtenname Mopsus, das „Tityrus — sub tegmine fagi" und das „o Corydon, Corydon!" dienten mir jetzt gleichsam als eine trockene Magenstärkung oder als Geist gegen den Schwindel; ja ich sahe die geliebte Gestalt „des göttlichen Sauhirten Eumäus" zu der offenen Thür hereintreten, und mir die braune magere Hand reichen.

Clarke war nun zufriedener; er wischte den Spiegel ab, stellte sein Malergeräth auf dem Tische darunter auf, besichtigte dann das Kamin und prüfte die blanken Zangen. Ich aber trat, während Frau Russel die Decke vom Bette nahm, manches Nöthige herbeitrug, manches Unnöthige aus dem Stübchen hinauspracticirte, an das geöffnete Fenster, und sah in den freundlichen blauen Himmel, und meine Seele sprach eine in ihrer Kindheit auswendig gelernte Stelle, wahrscheinlich im Vorbewußtsein, daß sie derselben einst bedürfen werde:

Geduld, die seligste der Tugenden,
Ist nicht umsonst! Du kaufst sie nur durch *Dulden*;
Auch nicht auf *einmal* wie ein andres Gut;
Allmälig wird sie Dein durch Stillesein
Und Tragen, Lieben, Hoffen und Verzeihen.
Der gute Mensch nur kann geduldig sein,
Geduldig werdend, wird er gut zugleich.
Drum, willst Du das, so lern' ein wenig tragen
Und lieben, hoffen und verzeihn; dann immer
Und immer mehr, und immer lieber, bis
Du dieß am liebsten, dieß allein nur thust;
Und also gut geworden, Dir zugleich
Geduld, die seligste der Tugenden,
Erworben: tausend Schätz' um Einen Schatz.

In der Ferne erblickt' ich eine große Heerde Schweine, und die waren mein Augen- und Seelentrost! Denn wenn ich bedachte, daß mich Herr Samuel sogar zum Sauhirten hätte ordiniren können, so dankt' ich billig Gott, welche unanständige Erinnerung er mir erspart hatte, wenn da droben auf unsern Anstand auf Erden gesehn wird, wie zu bezweifeln steht. Denn derselbe Dichter sagt ja schon die Worte, welche mir wieder einfielen:

Dem Menschen sei ein jegliches Geschäft
So leicht als gleich! Denn jedes gönnet ihm
Ein Mensch zu sein! Das ist die Sache. Wer
Gelebt hat, der hat viel gethan, der war viel,
Viel in der Halle dieser schönen Welt!
Drum denket würdig von dem Menschenleben,
Und würdig denkt von Euch, ihr Lebenden!
Ein heil'ges Wesen ist, wer diesen Aether
Einathmet! Unter diesen goldnen Sternen
Ist Niemand groß noch klein, nur göttlich Alles!
Und Niemand ist gering, wer dieß erkennt;
Der Erde ew'gen Schätzen gegenüber
Ist Niemand reich; dem Himmel gegenüber
Ist Niemand arm! und Keiner ist verachtet,
Den selbst Allvater für sein Kind erkennt,
Wer ihn darf Vater nennen, und das hört er
Von Allen gern.

Ich hatte heut mein Morgengebet nicht verrichtet, und ich bat den Himmel, jetzt diese apokryphen Worte dafür anzunehmen, nachträglich. So bedurfte ich nun kaum des Trostes, den mir die alte Russel einsprach: ich würde nicht so viel Noth mit dem wohlgewöhnten verständigen Viehe haben, als vielleicht mit mancher lieben Schuljugend! Es sei das schönste Vieh van Diemenslandes, und die Häute davon gingen bis Port Jakson, Ostindien, auf das Cap, ja bis Altengland. Selbst Se. Majestät könne vielleicht Stiefel davon tragen! vielleicht auch nicht! —

Alles das konnte mir so einerlei sein, wie den Häuten selber. — Sie eilte darauf, Clarke mit seinen Lämmern, und mich mit meinen gehörnten Zöglingen bekannt zu machen, die ihren neuen Präceptor anbrummten und berochen. — Das rothe Tuch Eurer Uniform macht sie nur scheu, belehrte mich Frau Russel; morgen sollt' ihr einen ihnen bekannten Anzug, die Namensliste und Stammbäume des nobeln Viehes erhalten, damit Ihr Euch schätzen lernt. — Ich erwartete das. Clarken gefielen seine Lämmer, die sie durch die Beine herausließ und ihm vorzählte. Wir freuten uns auf die schönen Tage, die heitern Berge, und die stille Zeit des Hirtenlebens.

Ueber all' dem Umsehn und Einrichten war die Mahlzeit herangekommen. In dem Unterzimmer war ein großer Tisch für Alle im Hause gerüstet, woran gewiß Herr Samuel präsidirte, für welchen der mit rothem Sammet und goldenen Zwecken beschlagene Sessel hingestellt ward. Aber er selbst erschien diesen Abend nicht. Dagegen begrüßten uns neugierig und schalkhaft ein Paar andere von dem Hausgesinde, wovon Einer, der Kleine, eine wahre Diamond-Edition von Spitzbuben schien! Noch trat Jemand zum Gebet mit an den Tisch, den Frau Russel unter dem Anruf „Herr Doctor Toland" einlud, heut Abend den Wirth zu machen. Sie beteten darauf das in Altengland gebräuchliche Gebet: von den jungen Raben, denen der Herr ihre Speise giebt zu seiner Zeit; und der kleine Dieb betete bei den abwechselnd einfallenden Stimmen, diese Worte grade allein. Mehrere schlanke, kernige, schöne Mädchen, sichtlich von dem schönen Malayischen Menschenstamme — „Race" getrau' ich mich von den lieblichen, edlen Geschöpfen nicht zu sagen — kamen noch während des Gebetes herzu, und trockneten sich die Hände. Zuletzt aber kam die wiederholt gerufene Miß Lisanna, leise wie eine Erscheinung, und darum uns so plötzlich, so überraschend! Hocherröthet, nach schüchterner Verbeugung setzte sie sich auch an den Tisch, mir und Clarken gegenüber — an ihre Stelle. Wie die Weiber sind, hätte sie uns gern angesehen, welches aber Clarke's offenes lächelndes Gesicht ihr unmöglich machte, so oft sie es unternehmen wollte. Meine Augen fanden an Clarke den einzigen Haft und Trost. Als ich jedoch am Ende der Mahlzeit von dem Herrn Doctor

Toland eingeladen ward, auf Sir — ich hörte recht — Sir Samuels! Gesundheit zu trinken, getraut' ich mich Miß Lisanna anzusehen, die von meinen Blicken, wie ergriffen auf einem Verbrechen, überrascht zusammenschauderte, und eine Minute lang mit vergehenden Augen da saß, still und blaß wie ein schönes Marmorbild aus Sir Horazio's Bibliothek. Clarke trat mir auf den Fuß — wie Mistriß Distreß im Schiffe, und trank mir zu. Dabei fiel mir der Schulmeister schwer auf das Herz! Ich hörte wieder das „Schade, Schade!" Dennoch segnet' ich meine glänzende Interims-Uniform, die mir doch wenigstens einen seligen Augenblick, die aufkeimende Neigung, das Sprengen der Knospe ihres Herzens, bei einem so schönen jungen Mädchen zu schauen vergönnt, wie Miß Lisanna! Denn aus Ovidius wußte ich, daß eine gewisse allmächtige Leidenschaft mit Erschrecken und Zittern, mit Furcht und Beben beginnt. Auch aß sie keinen Mundbissen. Auch ich war satt, und wußte doch nicht von was. Ich vergab daher endlich auch ganz und gar der Marion, die selbst den rothen Daniel dem schwarzen Lambton vorgezogen, und wünschte ihr fröhliche Sechswochen. Nur die 100 Pfund! die 100 Pfund brannten mir auf dem Herzen! Besonders seit Roßborn meine Vollmacht, sie zu heben, kannte, und Ich die 100 Pfund redlich gezeigt, aber grade zum Schaden meiner Redlichkeit! — Miß Lisanna ging zeitig vom Tische, sagte leise gute Nacht, und sah sich selbst in der Thür nicht einmal um, so sehnsüchtig ich nach ihrem Blicke war! Denn — ach, sie ging! sie sahe nicht auf, mich nicht an! sie wird mich nie wieder ansehen! Heut ist mein letzter Ehrentag — morgen trag' ich den Tityrus-Rock! stöhnt' ich, und ballte die Faust in der Tasche. Wehmüthig ging ich mit Clarke zu Bett, der mich frug, was ich so verzweifelt aussehe! Er legte nur Rock und Stiefel ab, schlüpfte in das Bett, legte sich hart an die Wand und schlief seufzend ein. Vielleicht seufzt' er gar auch nach Lisanna! Ein Maler versteht sich auf Schönheit, und schön ist er selber. Darum fühlt' ich die schrecklichste Eifersucht und Todesangst im Voraus, als er im Schlafe näher und nahe an mich rückte, seinen Arm um meinen Nacken schlang, und mich, noch lange gedankenvoll Wachenden, drückte; ja er wollte mit seinem Lockenkopfe auf meiner Brust ruhen! Jetzt ward ich ernstlich böse — aber die Hand ließ ich doch dem armen Schelm in seiner. Er liebt ja Lisanna! — Also Lisanna! das arme Kind! du armer Lambton! unterbrach ich unwillkürlich mehrere Male mein Nachtgebet, bis Sir Horazio's Marmorbilder, Lisanna, Theano, die alte Russel, die Wasserhose, der Gott Tangalon, Roßborn, Sir Samuel, Lämmer und Rinder mich in holder Verwirrung umgaukelten, und in den Schlaf brummten, blökten, blickten, erschreckten, und entzückten — jedes nach seiner Art. —

———

Man soll nicht aus der Schule schwatzen, denn wie die Weiber sind; aber aus der Schule, die ich von dem andern Morgen an, den ganzen Tag über alle Tage mit dem lieben Viehe hielt, will ich gern kein Wort verrathen. Doch ging es im Ganzen besser, leichter und lustiger, als ich mir vorgestellt, und die bekannte Methode, mir Ordner, auch unter den Ochsen zu wählen, bewährte sich auch hier. Wenn nur die vermaledeiten Bremsen nicht waren! Denn es war zum Verzweifeln, wenn die Ordner an der Spitze, und dann die ganze Schule stückweise davon galopirte, durch allerhand Sorten Getreide, wie Hannibals Ochsen. Ich wartete es geduldig ab, ohne mich mehr, wie das erste Mal, in Galop zu setzen, wo ich gleichsam mitbieselte, mit aufgehobenem Stocke. Denn der deportirte Pudel, Herr Phylax, nahm sich darauf meiner an, wie ich mich seiner durch Crabben verlassenen Person angenommen, und sammelte wieder die keuchenden Schüler. Wenn nun die gewaltigen Thiere, wie so viel Joves, auf solche Ermüdung lange nicht fraßen, sondern sich hinlegten, so waren die Bremsen meine Götter, die mir diese Ruhe „machten." Doctor Toland gab mir endlich ein Kraut, es den Thieren anzuhängen. Er ist ein Menschenfreund!

Clarke sahe meine Angst jedes Mal von weitem, mitten unter seinen geduldigen Lämmern, und ich verstand an seiner Bewegung recht gut, daß er sich todt lachen wollte. Ich bedauerte ihn, und dachte; Schafe hüten ist keine Kunst, aber Rindvieh. — Lisanna brachte uns das Mittagsessen in's Feld, und sie tröstete mich freundlich, ob sie gleich nur mit Mühe das Lachen verbiß; die Thränen aber standen ihr in den Augen. Betrübt und ernst, wie ich wohl Ursache hatte zu sein, sah ich vor mich nieder und hätte auch lieber geweint. Dann wußte sie es zu machen, daß sie beim Hinreichen des Korbes meine Hand berührte, oder ich die ihre mit faßte — darauf enteilte sie. Sie ist ein Engel, der Engel Tobiä! sprach ich zu mir, während ich mich in die Blumen zum Essen setzte und ihr nachsah, und sah — wie sie neben Clarke sich setzte! und lange mit ihm sprach! Das war auch ein Jammer. Doch wenn ich unterdeß im Grunde des Körbchens noch Orangen, Feigen und frühe Nectarinen fand, die sie mir versteckt: so wußte ich nicht, was ich denken sollte. So lieb mir sonst Clarke war, so verhaßt und täglich verhaßter ward er mir nun. Traf uns Lisanna zuweilen beisammen, setzte sie sich zu uns, so sprach sie mit Ihm, sahe Ihn an, während der Wind ihr das schwarze Haar über die Wange wehte, oder ein Wolkenschatten über uns hinflog, und sie wieder hervorglänzte, als verkläre sie sich und schwebe. Das Alles mußt' ich mit ansehn! Und sie bemerkte, ohne herzublicken, daß ich sie ansah; und doch sahe sie mich nicht an, und sprach nur desto holdseliger mit ihm, und lächelte so hold, so lieb! Wenn Clarke nicht dabei gewesen, wäre ich ihr vielleicht um den Hals gefallen — vielleicht auch nicht, wie die Russel sagt. Und doch verdroß es mich von Ihm, wenn er so unbescheiden war, ihre Hand im Gespräch zu ergreifen, ja ihr die Locken aufzurollen, wenn sie zwischen uns saß, aber immer näher an seiner Seite. Erbittert stand ich dann auf, und schlug nun erst das Rind, das zu Schaden fraß, wozu ich vorher nicht Zeit gehabt; so pflichtvergessen konnt' ich sein! Dann aber blieb auch Lisanna nicht bei Clarke, und das war mein ganzer Trost. Kurz an meiner Eifersucht merkt' ich, daß ich — daß ich — armer Lambton! Ich hätte das nie gedacht, ach — weil ich es nie gefühlt, ja nicht geträumt — das Wort, das umgekehrt Roma heißt! Mehr kann ich nicht sagen, ich schäme mich vor mir selber. Auch sucht' ich mir nichts merken zu lassen. Aber Clarke hatte zu schlaue Augen, und lachte mich aus, wenn wir allein waren. Er versicherte mich, von Ihm hab' ich nichts zu fürchten, und dabei sah' er so ehrlich aus, daß ich ihm gern geglaubt hätte, wenn es ihm nur nicht wiederum auch lieb geschienen, daß ich eifersüchtig auf ihn war. Warum? war mir undeutlich. Er ist einmal ein eigner Mensch. Grade so wie er aussieht, liegt ein schöner marmorner Jüngling auf einem gesteppten Pfühl in Sir Horazio's Bibliothek. Ich dächte, er nannt' ihn einen Aphroditenhermes. So war's doch; und so ist Clarke. Und hatte sich ihm Lisanna nicht halb vertraut? Denn er wußte und sagte mir: daß sie nicht Sir Samuels Tochter sei, daß sie der Frau Russel als ihrer Pflegemutter am nächsten angehe. Denn weder Findelhaus, noch Waisenhaus gebe es in Hobarttown. Was bedürfe aber eine Waise dringender, als Eltern, oder doch einer Mutter, so arm sie sei, und Pflege, Lehre und Liebe, so gering sie sei. So gäbe man Waisen an gute kinderlose Eltern, um Zweien so gut, wie möglich, zu helfen. Und mit schwerer Hand freilich, aber doch thu' ihr Frau Russel alles Gute. Dagegen bleibe Sir Samuel so launisch gegen sie, daß sie ihn durch die größte Stille, den emsigsten Fleiß bis tief in die Nacht, doch nimmer zufrieden stelle. Es sei ihr drückend, daß er ihr Alles wie nur aus

Erbarmen gewähre, ja zuwerfe — doch hasse er sie nicht! Er beweise ihr wiederum so viele, viele Güte, Zärtlichkeit, ja etwas Wehmüthigeres, als Liebe, ach, nur nicht lange! Er halte ihr Lehrer — und schicke sie wieder fort! Er lasse sie sticken und zeichnen — und verderbe ihre Zeichnungen und Stickereien! Oft schenk' er ihr schöne Kleider, und sehe sie gern darin; dann müsse sie sich einfach, ja schlechter tragen als die malayischen Mädchen Talo und Ofa, und sehe sich bloß in die Küche verwiesen, und dürfe selbst nicht am Tische erscheinen, woran doch sogar der kleine arge Hobday esse, und Talo und Ofa, und nun Herr Clarke — und Herr Lambton! — — Das Alles that mir zu hören noch mehr wohl, wie weh! Denn wie sich zur Liebe für dieß schöne gute Wesen noch Mitleid gesellte, dann schmolz mich gleichsam ein wehmüthiges Gefühl; und hatte ich sie bisher schon geliebt, jetzt hätte ich sie fast angebetet. Aber Sir Horazio sagte, wenn er von den schönen Madonnenbildern in Italien sprach: „Ein Weib werde mehr, wenn sie nur ein Bild erscheine! Denn das Vollkommene sei sich allein immer gleich, und darum auch in vollkommener Ruhe. Darum erlangten die Todten auch schon etwas Heiliges und Göttliches über uns, die wir mit zitterndem Herzen vor ihnen stünden, sie beweinen — und ahnen: daß vollkommene Ruhe vollkommene Seligkeit sei. Und der Todte sei ein göttliches Bild, und ein Bild ein göttliches Todtes. Wenn nun ein Weib uns anders nahe, als in der Gestalt, in welcher wir sie zuerst geliebt; wenn sie nun auch gehe, esse, schlummere, rede, nur ein anderes Kleid anlege, dann werde sie gleichsam so vielmal verdoppelt, als wir sie anders in anderen Tagen gesehen, und es fehle ihr die eine, die selige Gestalt; Deßwegen bete man jene Bilder wohl an, weil sie nur Bilder sind." — Sonst glaubt' ich Ihm das fast; jetzt — jeden Tag weniger, da ich an Lisanna sehe, oder an meiner Seele, daß die Liebe ein immer Neues, Schaffendes, Belebendes ist — und die Liebe ist ja das Vollkommene! und doch ist mir — mir Lisanna's erstes Bild das liebste von allen, welche ich von ihr in meiner Seele, wie in meiner wahren ruhigen Wohnung aufstelle, oder wie in einem Rahmen an den Orten wieder erblicke, wo sie mir in andrer Gestalt erschienen. Und so habe ich schon eine Madonna mit dem Sympathievogel, eine mit dem Schnabelthier, eine mit dem Lamme, und eine mit Lambton; also vier Gemälde, so gut wie Sir Horazio, die ich mit seinen nicht vertausche; und vielleicht kommen noch mehrere hinzu — vielleicht auch nicht!

———

Unsere Englischen Geistlichen haben den Vers verkehrt verstanden: unser Herr Gott arbeitete sechs Tage an der Welt und ruhte Einen; sie arbeiten *Einen* und ruhen *sechs*. Nur den armen Schulmeistern hat man den Text richtig ausgelegt. Immer freut' ich mich daher auf den *Sonntag*; und wenn ich ihn wieder herangelehrt und gekämpft, und noch müde vom Joche ihn früh für einen gewöhnlichen Tag hielt, bis ich den Küster hereintreten sah, den kind-hohen Kirchenschlüssel auf den Arm gehangen — dann ward mir gleich so wohl, so feierlich zu Muth! Himmel und Erde sahen mir auf einmal so geistlich, so geschmückt aus, und wenn es auch draußen neblig war, daß ich die Lindenstämme vor meinen Fenstern nicht sah. Heut' ist mir wieder so wohl! Es ist Sonntag in der ganzen Welt, auch für Clarke und Lambton, und jeden geplagten Schulmeister, wie für die Ochsen und Schafe; und der Mensch läßt seinen frommen Sinn auch der Natur angedeihen, selbst dem fühllosen Pflug' und dem bräunlichen Acker. So ist denn das Christenthum wahrlich auch denen gegeben, die es nicht verstehn! nur genießen — der ganzen Welt. Also Sonntag!

Neue Verlegenheit! In meinem Bubulcus-Gewande konnt'

69

ich doch heute nicht hinunter zu Sir Samuel gehen, und in meiner Uniform — schäm' ich mich. So saß ich allein auf dem Bett in allerhand Gedanken; denn Clarke war schon, dacht' ich, bei Lisanna — als Frau Russel herauf kam, mich zu holen. Denn es sei Pflicht, daß jeder Deportirte zur Kirche der Deportirten gehe, Herrn Patrik zu hören; übrigens sei der Sonntag unser. So erschien ich denn in Galla. Alle saßen bereit in Sonntagskleidern. Lisanna stand auf und holte das Frühstück. Wie ihr das Leibband nachflatterte! wie lieblich ihr der englische Hut stand! wie freundlich Sir Samuel war, als er sagte: Sonntag mag Euer Rock passiren, Herr Lambton, dann hab' ich Respect vor Euch; wochentags verlang' ich ihn vor *mir.* Das schien auszudrücken, daß, wie die heidnischen Römer bloß an den Saturnalien schon ihre Diener bedienten, Er als ein Christ alle Sonntage mich so gut hielt, wie sich, als wenn alle Menschen gleich wären! Gott segne ihn! Nur ob Lisanna nach meinem oder Clarke's Bilde im Spiegel sah, das möcht' ich wissen! Aber sie lehrte mich dadurch, sie unbemerkt anzusehen. Dann gingen wir Alle zur Stadt, und die malayischen Mädchen bewahrten das Haus. Denn sie beten noch den Donner an, aber Ofa nur dann, wenn es einschlägt; daher sagt Sir Samuel: sie haben keine Religion! Ich soll eine Sonntags-Schule anlegen, und Talo unterrichten, auch Lisanna soll zuhören! Wie wird Sie meine Seele erheben! —

Im Vorübergehn zeigte uns Frau Russel die Kirche, in die Ich und Clarke zu gehen hätten! Lisanna seufzte schwer — vielleicht über mich — wendete sich ab, und sah zu den Wolken. Doch mir ist diese gute List zu wohl bekannt: hinauf zu sehn, wenn man weinen möchte und nicht darf, und die Thränen Einem in's Auge treten! sie verziehn sich dann, oder man kann sie der Blendung zuschreiben, oder niesen. Ach, wenn sie nur wüßte, nur glaubte, daß ich *unschuldig* bin! Brächte nur die Golette den Capitain York!

das wünsch' ich sehnlich.

In der Kirche fanden wir alle unsere Gefährten, die uns heimlich und freundlich grüßten. Ihre Gesichter schienen verwandelt, diese heitrer, jene ernster, aber alle gefaßter, ruhiger — sonntäglicher! Auch ihre sauberen Kleider erfreuten mich. Ich konnte mir gar nicht mehr einbilden, daß ich der einzige Unschuldige unter ihnen sei! Der englische Geistliche betete uns dann die Collecten, Psalmen, Bibelabschnitte, die Litaneien, die mosaischen Gebote und das Vaterunser mit Ausdruck zwar, doch mit unerhobener Stimme vor; denn er schien alle seine Kraft für die Predigt zu sparen, und dazu braucht' er sie wirklich.

Denn diese „Verdammten-Predigt" — (condemned Sermon) — die Uns zum Leben und nicht zum Tode bereitete, die ich mir darauf von Herrn Patrik in der Handschrift ausbat, und jetzt mir hier, hoffentlich zum Andenken, in mein Reisebuch einschreibe, lautete mit allen, von der Vernunft gezogenen himmlischen Glocken also:

„Meine Herren Deportirten! und Brüder in Christo! Vielleicht Handwerker, Pächter, Gentlemen, Esquires und was weiß ich . . . . . . aber gewiß: Spitzbuben, Mörder, Auferstehungs-Engel oder Teufel, falsche Spieler, Banknoten-Pfuscher, Brandstifter und Kinderräuber — — — — Ihr wundert Euch, daß ich Euch bei Eueren Namen nenne? Doch Ihr seid nur hier, weil Ihr Euch früher nicht selbst so genannt, noch ein Anderer! Darum muß ich Euch nun mit schwerem Herzen so nennen! Hier ist das Land, wo man die Menschen kennt, und Jeder sich selbst. Denn die Liste seiner Sünden kommt als seine Ahnentafel, sein offener Pathenbrief mit ihm in diese neue Welt. O daß er Euch so bei Eurer Geburt in die alte Welt wäre mitgegeben worden, Jedem so mitgegeben würde, dann könnten Eltern und Erzieher sich danach richten, dann kamet Ihr nicht hierher vor meine Kanzel! O Gott! o traurige Wallfahrt der Menschheit aus dem Paradies in das Himmelreich!

Nun laßt mich offen zu Euch reden! Und Ihr, höret mich offen an!

Erstens, verschreibe ich Euch das allervortrefflichste Mittel gegen das Heimweh. Es wächset im Walde und heißt — der Galgen, der Euch in der Heimath erwartet, wenn Ihr vor der Euch bestimmten Zeit zurück — flieht. Ihr könnt auch hier in die Berge fliehn zu den Wilden, wenn Ihr, die Ihr so lange gegessen habt, auch einmal wissen wollt, wie dem ist, der gegessen wird. Also bleibt in der Lehre und Zucht! entlauft nicht von der Bleiche, als halbe Mohren, als Seelen-Mulatten! —

Zweitens, erinn're ich Euch und frage: haben Euch Euere Todfeinde je so viel Herzeleid und Schmach angethan, als Euere Laster? diese falschen Freunde und süßen Schmeichler des Bösen, die für Eine angstvolle Lust nicht unter Ein Hundert Schmerzen bereiten. *Sie* setzten Euch gefangen, sie brachten Euch Verwünschung und Verachtung, Enterbung und Verweisung; Sie machten, daß Ihr zum Weinen jämmerlich hier vor mit dasteht! Erkennt sie nun, und jagt sie aus Herzen und Haus! —

Drittens, vergleiche ich Euch mit jener Palme in Japan, die keine Nässe verträgt, sondern davon verdorrt. Nichts Anderes hilft sie herzustellen, als sie auszureißen, sie dürren zu lassen, und dann in eine im Sande bereitete Grube zu setzen. Da, im Trockenen grünen ihre Zweige wieder saftig, und kräftig trägt sie auf's neue die süße Frucht. Wieder vergleiche ich Euch mit dem Trauerbaum in Indien, der nur blüht, wenn die Sonne untergegangen, und vor dem Tage die Blüthen abwirft. Ich vergleiche Euch mit den Giftpflanzen, die meistens in sumpfigen Gegenden wachsen. Wenn man sie in reinen guten Boden versetzt und anbaut, verlieren sie ihr Gift. Der weise König Salomo sagt: sie schlafen nicht, sie haben denn Böses gethan; sie ruhen nicht, sie haben denn Schaden gethan — so sage ich Euch denn, die Ihr Beides: Uebels und Schaden gethan: so schlaft denn! so ruht denn! —

Viertens, dinge ich Euch, Ihr Tyburn entfloh'nes Gesindel, *gewesene* Räuber! *gewesene* Mörder! Für Euch ist kein froheres, kein trostreicheres Wort, als das sonst so furchtbare, die ganze Natur zerstörende Wort: *gewesen!* Nach Allem was der Mensch gethan, gelitten, geliebt und gehaßt hat, bleibt er ein Mensch! Und was könnt Ihr mehr sein wollen, als: Menschen? Aber wollt auch Menschen sein! Nicht was Ihr *bis hieher* gewesen: Füchse, Luchse, Marder, Maulwürfe, Schlangen und Ottern. Streift alle die Häute ab, und verwandelt Euch in Menschen! Bildet Euch etwa nicht ein, daß es *lebenslängliche* Mörder, Ehebrecher und Diebe giebt, wie es Thiere giebt, die zeitlebens Hyänen, Böcke und Raben bleiben bis auf den letzten Pelz und die letzte Mauser. Bilder Euch also nicht ein, daß Ihr bleiben müßt, was Ihr vielleicht nur Eine Stunde waret! Denn welcher Mensch weiß am Morgen, was ihm des Tages über begegnen wird? Was er denken, empfinden, beschließen, welcher Mensch, welche Lust ihn reizen, welche Leidenschaft seine Seele empören wird! Ach, — ich hoffe, ich wünsche es — Alle haben die Nacht zuvor in Frieden geschlafen, ihr Morgengebet verrichtet und auch die Worte gesprochen: Führe uns nicht in Versuchung! Aber die Leidenschaft ist wie der Wind, von dem Niemand weiß, woher er kommt und wohin er fährt, und Jeder hört doch sein Brausen. Doch sein Vorüberziehn richtet oft Grauses an, wirft um, was nicht mehr aufgebaut wird, wie ein Todter nicht wieder erweckt wird. Und so ist auch der böse Mensch *kein Fehler* — er fehlt nur! ein Mensch fehlt! ein Mensch hat gefehlt. Die Menschen sind Raqueten, die gefüllt und trocken ruhig an dem Gerüst des Lebens hängen, bis ein Funke sie entzündet. Die Menschen sind Kanonen, die nur donnern und morden, wenn sie losgebrannt werden; sonst stehen alle umher und schlafen wie die Menschen — ach, und wer es sich nicht eingebildet, von wem man es nie gedacht hat, den führt man am Abend in Ketten herein, als leichten oder groben Verbrecher. — Ihr seid losgebrannt — entladen! Ihr seid hereingeführt. Wer wird nicht aufgeweckt aus seinem schläfrigen Lebensgange, wenn er einen Fehltritt that? etwa einen tiefen — von der Höhe der Menschheit plötzlich herab? Wem schlägt das Herz nicht, der geraubt und gemordet hat, wenn er auch nie mehr von dem schlafenden Engel in uns, von dem Gewissen gewußt hätte als seinen Namen! Wem droht dann nicht sichtbar ein Finger vom Himmel? Wer hört den Vater nicht, wenn er sich an dem Kinde vergriff? Wer erkennet den Gott nicht, wenn er des Teufels war? Glaubt mir, meine Brüder in Christo, immer noch von der Gesellschaft Jesu, Spitzbuben, Räuber und Mörder, Ihr habt hinfort mehr Anspruch und Hoffnung auf ein ruhiges, ja seliges Leben, als alle die Millionen *Schlafwandler*, die noch gut heißen, weil sie schlafen. Ja, sie sind darum vielleicht werther und bedürftiger als Ihr, meine Predigt zu hören. Denn ich verbürge nicht hier mit meiner Sanduhr, daß in 8 Tagen auf der ganzen Erde nicht Hundert — eingeführt sind, die heut, jetzt noch sehr liebe Männer scheinen, und vielleicht sind. Ihr stahlet — dieweil Ihr schliefet! Ihr habt aber das ewige heilige Gesetz, Ihr habt den Gott in Euch erfahren, Ihr fühlt ihn noch und immer, der da heißt: Licht, Rath, Kraft, ewig Vater, Friedefürst! Das Herz des Menschen ist voll Irrthümer. Der Tag, wo Ihr keinen einseht, ist ein verlorner. Denn wenn Christus selber sagte: „was nennst Du mich gut? Gott allein ist gut," so kann unser Bestreben nur sein: *besser* zu werden, aber immer besser, ohne Ende, ohne Ermüdung, ohne müßige Zufriedenheit mit uns selbst; und in diese verfielen wir, wenn wir leidige Menschen je glaubten *gut* zu sein. Und wie sehr, wie rasch könnt Ihr Euch bessern! und wie viel Irrthümer habt Ihr abzulegen! Ich wünsche Euch Glück dazu! Der Wille besser zu werden, der ja ein guter Wille ist, wenn nicht mehr, vertilgt durch sich selbst alle Sünde, und

74

Eine gute That aus vollester Seele ist allen guten Werken gleich. Denn *das Gute* umher in aller Welt schafft Gott. So ding' ich Euch denn und geht Ihr spät zur Arbeit in den Weinberg — Ihr sollt auch noch eueren Groschen bekommen.

Fünftens, tröste ich Euch: Was Ihr auch gethan habt — Gott hat es ausgeglichen! Wenn den Menschen die Leidenschaft — der Teufel — ergreift, dann ergreift ihn ihrerseits der Gottheit Hand, damit er Andere und sich nicht ganz verderbe, im Gegentheil ihnen nütze. Der Mensch ist und wird so lange unmündig, als er seiner Vernunft nicht mächtig ist; und der Ober-Vormund Aller wird, bis sie wieder hell ihn erleuchtet, auch der seine. Die durch Euch Verarmten hat er wieder reich gemacht, wenn sie nicht besser arm blieben! Denen Ihr die Tochter oder den Sohn geraubt, die hat er wieder mit Kindern gesegnet, wenn Ihr jene nicht raubtet *zu ihrer Strafe*, um Eltern und Kindern so auf besonderem Wege das ihnen von Gott zugedachte Gute zu thun. Die Ihr getödtet, sie schlummern ruhig in seiner Erde, und ihre Geister leben in seinem Geist. Und doch hat Er Euch dadurch aufgeweckt. Eine *Seele* auferwecken ist ein größeres Wunder, als einen todten Leib erwecken — sagt Augustinus recht sonderbar nun hier, nun heute durch mich und aus mir. Gebt in den Sarg der vergangenen Tage alle eure Werke mit! Seien sie todt und begraben. Ihr aber *erwacht! erwacht! erwacht!* und wandelt in einem neuen Leben!

Sechstens, frage ich Euch, arme Sünder, wo ist ein Mann dem Gesetze verfallen, der eine Million Pfunde oder Menschen commandirt? Wann ist eine Prinzessin an den Pranger gestellt worden? Wo ist ein Königssohn gehangen worden? — außer in China. Ihr seht also, welche durchgängig tadellosen, welche vortrefflichen Leute die reichen Leute sind! wie leicht ihnen der *Anstand* wird; wie keck der Arme ist, weil er Nichts hat. Vor dem *Casotzo* sind Alle gleich, das ist die große Lüge in den Welt-Menschen, die die Welt-Menschen schon allein verdirbt. Geben die Georgen, unsere Könige, einem zudringlichen Bettler eine Maulschelle, das ist nur Rang- und Machtvollkommenheit; aber giebt ein beleidigter armer Schuster dem Bischof Eine dergleichen — welcher Gottesschänder! Aber ich sage Euch: Der Mächtige und Wohlerzogene, der Unrecht thut, ist doppelte Streiche werth; werth, doch bei dem Werthe verbleibt es. Der gemeine Mann, der arme Mann sollte, um pari zu wiegen, wenigstens tausendmal besser sein als der Reiche. Denn Netto und Sporco-Gewicht ist erstaunend verschieden. O Brutto! O Tara! Ihr Netto-gewogenen, Ihr seid darum alle wahrscheinlich arm, und dumm, weil Ihr bös, und bös weil Ihr dumm war't: Drei Fehler, wovon schon Einer den Menschen in der Gesellschaft zu Grunde richtet, aber alle Drei ihn gewiß aus Altengland nach Vandiemensland bringen. Darum werdet reich! Ich sage reich: an Verstand, klug im Sinn, gut von Gemüth — um keines Gesetzes, also auch keines Richters mehr zu bedürfen, als dessen — der im Verborgenen richtet; und Ihr — werdet die Wahrheit erkennen; und *die Wahrheit* wird Euch frei machen. Also sonst Nichts, aber sie gewiß!

Siebentens, fordere ich nicht von Euch, daß Ihr Einen Fehler ablegen sollt. Denn die ganze Welt konnte es bis heute noch nicht. Und welche Veränderungen auf der Erde würd' es hervorbringen, wenn alle Menschen nur Einen Fehler ganz ablegen wollten! zum Beispiel: nur den groben Mord, das Tödten! — Aus wäre Krieg und Streit, das Himmelreich begönne auf Erden, als da, wo es eben bloß nöthig ist, und nicht im Himmel. Was halfen bis jetzt alle spätere Propheten seit Moses, was selbst allein und für sich ohne *Thäter* des Wortes, die göttlichste Lehre. — Das Menschengeschlecht steht noch, Auge um Auge, Zahn um Zahn fordernd, am Berge Sinai, es ist in der Hauptsache: in der Menschen-*Liebe* kaum einen Schritt aus seiner alten Wüste geschritten, trotz der unendlichen Mühe von hundert Orden (etwa von Malta) und tausend Klöstern, trotz redlicher Päpste und löblicher Clerisey, trotz Wiklef, Knox und Warden bis heute auf mich herab, der ich im Kehrwinkel der Welt hier stehe vor Mördern predigend! Untersteht Euch zu leugnen, was ich sage! Seid nur ruhig! Denn darum verlange ich nicht, daß auch Ihr Einen Fehler ganz ableget — sie werden *alle zugleich* nur seltener, nur schwächer — legt Alle nur erst *ein wenig* ab — ich meine: bezwingt sie, dämpft sie, leitet sie ab! Laßt den Mord — eine Ohrfeige werden — dann die Ohrfeige wieder ein sanftes Streicheln der Wange; den Ehebruch: ein Anlächeln, dann das Anlächeln ein Auslachen; den Raub: ein bloßes Handausstrecken, dann das Handausstrecken — ein Handeinstecken; den Verrath ein Lallen mit der Zunge, dann das Lallen: ein Schweigen. (Und das Alles als das halbe Werk, bis die Zunge *Gutes* spricht, die Hand *giebt*, der Fuß zur Rettung eilt.) So wie Oben gesagt, so thut die Welt, so thun die Bessern selbst und heißen die Guten, bis sie *besser* werden. Denn ohne Sünde ist Keiner! und auch nicht Einer!

Achtens, warne ich Euch: seid nicht so anmaßend zu glauben: Ihr leidet um Eurer eigenen Fehler willen! Dazu seid Ihr die Leute nicht! Ihre eigenen Fehler büßen nur die größten Männer aller Zeiten, und genießen ihres eigenen Guten. Das Menschengeschlecht ist so verwickelt, so in einander verwachsen, aus tausend Absätzen zu einem einzigen Rohre hinaufgeschosset, daß Eines für des Andern Verschulden leidet, das lebende Geschlecht für das vergangene, ja die vergangenen alle; die Kinder leiden für die Mängel und Versehen der Eltern, das Volk um — das Land, der König für das Volk. Ihr seid die verkörperten schlechten Seelen Eurer Eltern, die Spiel- und Weinsucht des Vaters, der Putz und die fette Küche der Mutter; Ihr seid die Dummheit Euerer Lehrer, die ferne und kalte Schule; Ihr seid die Saumseligkeit, die Hartherzigkeit, die Lieblosigkeit Euerer Nebenmenschen. Ihr seid der Beweis noch vielfach- irrenden mangelhaften Geschlechtes, die Opfer eiserner und *doch nicht* bindender Gesetze. Ihr seid der Fensterladen eines Zahnarztes in England, den er mit allerhand bösen Zähnen geschmückt, zum Beweise: was für ein braver Ausreißer er sei, was er für Schmerzen gestillt und erregt. Ihr könntet euch freuen und stolz sein, wenn Ihr die Opfer für das Glück eueres Volkes wär't, wenn um so viel schlechter Ihr seid, alle jene Zurückgebliebenen nun besser wären, so wie der Wein, der seine Hefen ausgestoßen. Aber — aber! ich höre von Schiffen die noch kommen sollen! Ich hörte Viele sich glücklich preisen, die — meine Rede hörten! Und wieder auch, daß sie kommen, ist der schönste Beweis für das freieste Land! den besten König! Darum segnet Ihn, und segnet Altengland, denn —

Neuntens, lehre ich Euch: Es hat Jemand ein Wort gesagt, das dem Jemand Ehre und Schande macht, so einfach und albern, so schlecht und gerecht, so erhaben ist es; der Jemand, der mit dem ersten Buchstaben — Robespierre heißt, sagte, als das seinem — Menschenköpfe liebenden

Gemüth mit Himmelsgewalt abgepreßte Wort: „Das erste Recht des Menschen ist das Recht zu existiren." Und nur der Gegenhändler der Schöpfung, Satan, kann das bestreiten — wollen. Da aber *der*, welcher nun gütigst existiren darf, ein von Gott mit Geist begabtes, nie ruhendes rastlos vor und fortschreitendes Wesen ist, so ist ihm Glück, Bildung, Tugend und Himmelreich mit der bloßen Existenz zugleich gütigst zugestanden. Mit Glück, Bildung, Tugend und Himmelreich — das bekanntlich und lautausgesprochenermaßen nur in uns liegt, also in uns lebenden Menschen, also nicht künftig erst wo da draußen in der Luft voll Goldstaub, der Sterne heißt — mit Glück, Bildung, Tugend und Himmelreich, ist dem Menschen, also allen Menschen, allem Volke auf dem Lande, in den Städten und Pallästen, summarisch: allem Pallast-, Stadt und Landvolke, der Weg und jedes Mittel zu Glück, Bildung, Tugend und Himmelreich zugestanden! Und da schon das bloße Himmelreich aus Friede, Freiheit und Gerechtigkeit besteht, so ist Allen alle Weisheit, alle Lehre, alle Kenntniß zugestanden — nicht bloß schändlicher Weise: dreißig Tropfen davon auf Zucker, mit dem alten Worte: Gott wird helfen! Und zu aller Weisheit und aller Lehre gehören allem Volke mit dem bloßen göttlichen Rechte der bloßen Existenz: alle Lehrer frei, alle Rede frei, alles Lernen frei, alle Schrift frei, in dem Hause Gottes, wie ja in jedem Hause der Menschen. Nun hört mich: Wer nun Einen oder Mehrere — Menschen — an der Existenz gefährdet, verliert der den Anspruch auf *Bildung*, oder bekommt er Einen *mehr?* Hat er sich derselben als unbedürftig und unfähig gezeigt, oder hat er die unerläßliche Nothwendigkeit: ihrer theilhaft gemacht zu werden, grade durch seine schlechte That laut schreiend und unzweifelhaft an den Tag gelegt? Von der Masse des Volks, die so fort faselt, faselt man: sie sei auf dem Wege zum Guten, oder zum Bessern. Er, hat seine Unbildung, sein Herz, seinen Sinn verrathen! Seine Tyrannei! Er, er sei wer er sei   Er muß also gebildet werden, fähig das Leben zu leben, und Andern zu helfen, diesen Schatz zu heben. Dazu nun darf der Mensch der menschlichen Gesellschaft, die ihn allein nur bilden kann, nie beraubt werden, am wenigsten aber — seines Kopfes, als welchen er eben am nöthigsten braucht. Christus hat zwar den Teufeln erlaubt: Säue in's Meer zu stürzen, aber den Menschen nicht: Menschen vielleicht in *die Hölle* (und — „Viel besser ist nun ein Mensch denn ein Schaf;" Matth. XII 12.), denn es wäre ein ganz unverzeihliches „dahero retour!" *dem Himmel* in Armesünder-Kleidern Kandidaten zu schicken — die der Erde zu schlecht sind, weil man glaubt: Gott *müsse* verzeihen, die sündigen Menschen brauchen es nicht; ja es wäre ein Mißbrauch der Unsterblichkeit, weil sie nur ewiges Leben ist, zu welcher auch *dieses Leben* gehört. Denn Lucä II. 35. steht ein gar bedenkliches Wort von denen: „Welche aber *würdig* sein werden, jene Welt zu erlangen, und die Auferstehung von den Todten!" Demnach kann und wird es also Viele geben — die da nicht würdig sein werden. Und man kennt sie schon hier. Der *Abgethane* aber, wie man so bequem die so bequem gemachte Sache ausdrückt, ist verloren für seinen Zweck auf der Erde, für sich und die Menschheit. Wie der Baum fällt, bleibt er liegen. Wenn *man* nun des *Beispiels* wegen abthut, unbetrachtet: daß *man* Niemandem die Nase abschneiden soll, um den Andern eine Maske zu machen — und jede Verstümmelung wird, — außer das Kopfabschneiden — mit dem Tode bestraft — ist *das* nicht im Gegentheil grade das *beste* Beispiel, welches man dem Volke geben kann: daß verwiesene Verbrecher gute Menschen werden, die ihren göttlichen Zweck noch erreichen! Was bedarf ein Gefallener eher als des Aufhebens, des Tröstens, nicht des in die Erde-Tretens! Was bedarf ein Böser mehr, als guter Menschen, daß er bei ihnen bleibe, bleibe wie sie, und nicht wieder falle. Man *zähmt* das Thier, und *lehrt* den Menschen! — dann wehrt er dem Bösen selber. So wird edel und wahrhaft auch für *die Sicherheit* gesorgt — denn eben nicht die, welche Böses verübet, sind am meisten zu fürchten, sondern die Freiwandelnden, noch Unerkannten; und so gäbe es keine äußere gnügende Sicherheit, selbst wenn um jedes Haus eine wolkenhohe Mauer gezogen würde, und jeder Mann und selbst die Wiegenkinder schußfeste Harnische als Kleidung trügen. Aber — ein gutes Herz bewacht sich selbst, den Nächsten und ein ganzes Reich, ein guter Gott die ganze Welt. Also den Störer der Menschheit bilden, ihn seinen Zweck erkennen lehren, Gut und Böse unterscheiden, den Trieb zum Guten zur Blüthe bringen und dazu ihn der gewohnten Gesellschaft die nöthige Zeit lang entziehen, ihm mit den Mitteln, deren sein verstocktes, verworrenes, verdunkeltes und reuiges Herz fähig und bedürftig ist, ernst und stetig beistehen als Einem an dem Herzen oder dem Geiste *Kranken* — und der Lasterhafte ist der leidendste Kranke — ihm Arzt und Pfleger verordnen; wenn er geneset, wenn er schwach noch schwankt, einen Führer zu geben, *das* hielt der Königliche Stifter von Bontanybay, von Georgtown und Hobarttown für seine königliche Pflicht. Denn wenn ein furchtsamer Hase trommeln lernt, der Canarienvogel eine Kanone abfeuern und ein Floh eine Kutsche ziehn — wenn ein Mensch sich *die* Mühe giebt, die Geschicklichkeit das zu lehren und die dazu erforderliche Geduld hat, dann soll ein Volk sich schämen, das mit seiner Männer Weisheit es nicht dahin bringt, daß ein Mordbrenner über die Brandstätte mit Kindergebeinen *weint*, und weint das Haus wieder aufzubauen, und weint, „daß diese Gebeine wieder lebendig werden!" Aber freilich ist kein Ruhm und kein Verdienst dabei, als — eine Seele zu erretten. Und bessern schwere Ketten und dumpfe Mauern, schlechte Kost und harte Schläge, Zuchtmeister und Spießgesellen und Ränkemeister? oder — die Lehre und das Beispiel, der

Umgang mit festen guten Menschen mit einem Worte: das Leben? Und so lernt Ihr hier leben! Euer Leben ordnen Männer, die gleichsam die *Seelenverwandlung* deutlich machen, die selbst wie aus Bären in Menschen gefahren sind, und die nun weder mehr zerreißen, rauben noch tödten wollen, sondern mit der Glut der Erkentniß warnen, bewahren, lehren und bessern. Niemand ist zuverlässiger als ein gebesserter Mensch. Er hat gelernt, ja erfahren, und er wird es nie vergessen: daß das Böse bös ist, und das Gute gut, was jedes Kind begreifen sollte, und was einzusehen den Meisten doch so viel Leiden und Reue kostet. Darum ist Euer Kerker: das Wohnhaus des Gerechtwordenen, Euere Spießgesellen sind: gute Kinder und ein frommes Weib — Eure Ketten: Bande der Liebe! Euer Zucht- und Arbeitshaus: die schöne Natur, die Euch zuflüstert Worte des Vaters, und Nachts das Kreuz aus Sternen über Eueren Häuptern glänzen läßt, und Euch umfängt, trägt, segnet als ihre liebsten Kinder! Wenn Ihr das empfindet, ach, dann vergeht nicht in Reue — sie will Euch selbst mit ihrer Liebe nicht tödten, nein, erwärmen, beleben, wieder an's Herz des Vaters ziehen.

Aber ich hab' Euch kein Wort von Euerer *Strafe* gesagt? Unsere Strafe sollte bis heut noch *Rache* heißen, denn Strafe als *Strafe* ist Rache; wahre Strafe ist aus der mildesten Liebe fließende Warnung, Führung zum Rechten und Guten, wenn auch auf rauhen Wegen, durch bittere Mittel. So strafet selber die Gottheit, und der Gestrafte wird bei ihm der Gesegnete vorzugsweise. Drüben auf den Sandwich-Inseln opfern sie ihren Götzen Menschen. Wir: alten fratzenhaften Gesetzen. Sind die Worte: „Beispiel, Strafe, Sicherheit," etwas Anderes als Götzen, mexikanische, unchristliche Götzen! Gestehen wir nur, es ist selbst in Altengland noch ein gut Theil jüdischer Rache, aus den Zeiten der Wüste, darin erscholl: Auge um Auge! Zahn um Zahn! Keine Vergebung! Keine Menschlichkeit, keine

Göttlichkeit! Und wie Mühl-Rosse konnten die Rechtsgelehrten aus *ihrer* Mühle: dem *Rechte* keinen Ausgang finden, weil barbarische Römer, Republik-Männer ohne Herz und christliche Liebe — die sie noch nicht haben konnten bis Christus erschienen, auf *ihnen schädliche* Verbrechen den Tod gesetzt; weil Jemand schlecht geboren: ihn zu hängen, weil er schlecht erzogen: ihn zu rädern, weil er verführt, verwöhnt, verloren: ihn zu köpfen. Da erschien fortan und auf immer die Quelle *aller* menschlichen Gesetze. Wen hat, oder wen hätte Christus kreuzigen lassen, wenn Er am Palmensonntage König der Juden geworden? Selbst keinen Juden! Keinen Pharisäer — er *lehrte* sie, denn Er war Christus und *ist noch Christus, der Herr aller Herren auf Erden.* Und Wer sich zu Ihm bekennt — *ein Jeglicher* soll *gesinnt* sein, wie Jesus Christus auch war! Also doch wohl vor allen andern: Papst und Jesuiten, Könige und Räthe, *Gesetzgeber* und *Richter.* Unfehlbar! unerläßlich! Furchtbar, wenn nicht unfehlbar! Unerläßlich, wenn nicht unerläßlich! Wann wird Petrus aufhören, Christum zu verleugnen? oder wer statt *Petrus* es thut! Wann werden Christen anfangen: Christi Gesetze zu Gesetzen zu machen, da doch das schauderhafte Parlament in Frankreich durch einen eigenen Beschluß Gott erlaubte: Gott zu sein! und dieser Gott sprach: Dieser ist mein lieber Sohn, Den sollt Ihr hören! und dieser sein Sohn sprach: Was heißet Ihr mich aber Herr! Herr! und *thut nicht* was Ich Euch sage? — Jetzt aber kniet Alle nieder, und betet ein inbrunstiges Vaterunser für Alle, welche — sie wußten nicht was sie thaten — Menschen hängen, köpfen, rädern, spießen, mit glühenden Zangen zwicken, mit Pferden zerreißen *ließen,* oder selber zerrissen, es war nun zur Ehre Gottes, oder zur Rache für Menschen. Kniet und betet! ich bete still mit Euch! — — — — Und nun hört das Göttlichste, was auch Christus gesagt hat, als das Furchtbarste in dieser Welt; hört, was Er sprach: „Wenn aber des Menschensohn kommen wird in seiner Herrlichkeit, und alle heilige Engel mit ihm; dann wird Er sitzen auf dem Stuhl seiner Herrlichkeit. Und werden vor ihm alle Völker versammelt werden — (auch Jene, welche die armen sündigen Menschen enthaupten, verbrennen und mit Pferden zerreißen ließen). Und Er wird sie von einander scheiden, gleich als ein Hirt die Schafe von den Böcken scheidet. Und Er wird die Schafe zu seiner Rechten stellen, und die Böcke zur Linken. Da wird denn der *König* sagen zu denen zu seiner Rechten: Kommt her, ihr Gesegneten meines Vaters, ererbet das Reich, das Euch bereitet ist von Anbeginn der Welt. *Denn ich bin hungrig gewesen*, und *Ihr* habt *mich* gespeiset. *Ich* bin durstig gewesen, und *Ihr* habt *mich* getränket. *Ich* bin ein Gast gewesen, und *Ihr* habt *mich* beherbergt. *Ich* bin nacket gewesen, und *Ihr* habt *mich* bekleidet. *Ich* bin krank gewesen, und *Ihr* habt *mich* besuchet. *Ich bin gefangen gewesen, und Ihr seid zu mir kommen.* Dann werden ihm die *Gerechten* (oder *Gerichten*) antworten, und sagen: Herr, wann haben wir *Dich* hungrig gesehen, und haben *Dich* gespeiset? Oder durstig, und haben *Dich* getränket? Wann haben wir *Dich* einen Gast gesehen und beherberget? oder nacket, und haben *Dich* bekleidet? *Wann haben wir Dich krank oder gefangen gesehen, und sind zu Dir kommen?* Und der König wird antworten und sagen zu ihnen: Wahrlich, ich sage Euch: *Was Ihr gethan habt Einem unter diesen meinen geringsten Brüdern, das habt Ihr Mir gethan.* — Und nun seht, auch Jene, die geköpft oder köpfen lassen, verbrennen, rädern, mit glühenden Zangen zwicken, mit Pferden zerreißen. — — Wem, ich frage, und Gott sagt es: Wem haben Sie *das* gethan? mir schaudert die Wahrheit zu legen! aber mit Schaudern sag' ich die Wahrheit: sie haben es Gott gethan, denn *Mir* habt Ihr es gethan, spricht Christus. Ihr aber verstummt vor Entsetzen, und betet noch ein inbrünstiges Vaterunser! — — — — Und nun steht auf von

Eueren Knieen! denn —

Zehntens, begrüße ich Euch: So seid denn aufgenommen durch die Gnade des Königs in diese große, freie Lancaster-Schule! Er läßt seine christliche Gnade über das alte heidnische Gesetz walten, an denen, die *das Gesetz* nicht, sondern die Menschheit beleidigt haben; in ihrem Namen hat Er Euch vergeben, und ließ Euch nicht an einem — wohlfeilen — Stricke in eine andere Welt fahren, nein, im Schiffe in das neue Leben, wohl versehen, wohl bewirthet, wohl empfangen und eingerichtet, in ein schönes Land wie Elysium, einen einsam gelegenen blühenden Genesungsgarten. Daß er Millionen kostet, bedauert Er nicht, da *das kranke Kind* dem guten Vater Ersparniß zum Verbrechen macht, da Ihr die *Verwundeten* im Kriege des Lebens seid, in dem das Menschengeschlecht wie ein unermeßliches Heer in ewigen Kämpfen dahin zieht, die eben so viele unsterbliche Siege sind. Daran erfreuet Euch hier, einsam genesend und lernend, aus der Ferne. Die Erde ist das echte Vorbild auch *dieser* Lancaster-Schule, wo ja Einer den Andern erzieht, lehret, pfleget, warnet, heilet, ernähren hilft, und wieder von ihnen beschützt, genährt und geliebt wird. — Die Erfindung lag so nahe! Aber sie war zu einfach und groß, und das Nächste ist oft das Fernste, weil reine helle Augen dazu gehören, es zu schauen, und eine vorurtheilsfreie Seele, von keiner Gewohnheit, von keiner Furcht, nur von Liebe eingenommen. Benutzt diese Schule wohl! Duldet, ehret, warnet, lehret, liebet einander. Gleicht nicht dem übrigen Menschenvolke, wo Einer den Andern vor einer ihm oder den Nebenmenschen schädlichen That *nicht* warnt, ihm zu einer guten *nicht* hilft, ihn durch Handel und Wandel, durch Streit und Rache in Krankheit, Armuth und Elend, in Haß und Verachtung rennen läßt, wenn er ihm vielleicht nicht die Grube selber gräbt! Welche aber das wissentlich thun oder auch nur geschehen lassen, denn die Sünde der

Gleichgültigkeit gegen Böses und *Gutes*, und die daraus quillende Unterlassungssünde ist die unverzeihliche Sünde gegen den heiligen Geist — *die* wird der Gewissensrichter dereinst aus dem Himmel in die Hölle exportiren lassen, wie Diejenigen von Euch *Deportirten*, die unverbesserlich sich stellen oder *scheinen* — das sag' ich der Menschheit und Gott ihrem Künstler zu Ehren — *Exportirte* werden, Verlassene, Ausgesetzte ohne Weib und Kind, ohne Rath und That, auf wüstem Eiland! Aber weil *Gott* will, daß Allen Sündern geholfen werde, darum —

Eilftens, stelle ich Euch Euer Ziel: Sittlich, und bürgerlich frei und selbstständig sollt Ihr werden — statt furchtbar: fruchtbar, statt ehrlos: ehrbar, statt nichtswürdig: vielwerth! Mein Gott! Ihr sollt ja Nichts, als Euch den Hudeleien der Menschen entziehen durch gehaltenes Leben; den Plackereien der Richter, Constablen und selbst der Gesetze, durch Schuldlosigkeit; den bösen Gläubigern und unbarmherzigen Mahnern durch Schuldlosigkeit; allen Zwischenhändlern zwischen Menschen und Satan, die das Himmelreich aufhalten sich niederzusenken, wie die glühende Wüste die fruchtbare Wolke über sich weg jagt, durch stillen Wandel nach menschlichem Ziel. Und verlangt keinen Lohn dafür: daß Ihr gut seid; der Strebende wäre unvernünftig und vorlaut, der richtig Wandelnde unbescheiden, ja frech, nicht klar über sein Glück im Herzen und durch sein Herz! O Himmel! der Himmel hört es und sieht es: Der schönste Lohn des Lebens ist das Leben, das reine menschliche Leben, und ferner sich liebend und glücklich zu fühlen. Das macht die Menschen geringe, wie *man* sie vielleicht haben will, legt sie an irdische Ketten, und prägt ihre unsterbliche Seele mit dem Bilde des Kaisers, nicht Gottes, daß sie wegen ihrer Pflicht gelobt und belohnet — abgelohnet — werden, und mit Dingen, die kein Lohn, sondern oft nur Fröhnung der Eitelkeit und Verführung des

Sinnes vom Leben sind, zu stolzer Erhebung über den Bauer im Kittel, der statt des Ordens darauf, ein redliches Herz darunter trägt und mit herzlicher Gnüge arm und ungeachtet ist. Aber — ein Feld es zu bauen, ein Haus zum wohnen, ist nur der Ort und das Mittel zu leben und zu wirken, und das gönnet Se. Majestät Jedem von Euch, der es aus reinem Drange zu echtem Leben, bedürftig, der mündig ist, und frei vom Gesetz. Die es aber noch nicht fähig sind, diese leben bei Andern, welche sie getreu zu leben lehren. Das ist eine *Strafe*, die den Menschen besser macht, das ist ein Lohn, der dem Menschengeschlecht ertheilt wird in Euch. Denn was *schaden* denn eigentlich alle Vergehen und Verbrechen, warum sind sie so nachtheilig, daß man glaubte, sie sogar mit dem Tode, dem ganz außer Thätigkeit Setzen des Fehlenden bestrafen zu müssen? (denn dem zu schwer Bereuenden *die Last des Lebens* abzunehmen, ihm aus Liebe, aus Hülfe für seine zerrüttete Seele den Tod und den Himmel zu geben, ist wohl in keines Henkers Herz gekommen;) — Das schaden Vergehen: der Verbrecher raubt *sich* und Andern *die Zeit* und die Mittel zum wahren Leben, zum arbeiten, froh und gut zu sein. Denn die Zeit ist das unschätzbareste Material dessen wir bedürfen, und nichts anderes als Zeit, wenn wir es recht verstehen, bedarf die ganze Welt! und auch Ihr nur: Euch zu bessern, ich: Euch zu lehren. Wenn aber Andere meiner Amtsgenossen ein halbes Stündchen am Sonntag lehren, und die übrige Woche die Menschen wenig erbauen, und wie unsichtbar sind, so will ich alle Werkeltage über von Morgen bis Abend bei Euch sein, daß Christi Wort Euer täglich Brot wird, und am Sonntage wollen wir unser Herz und unsern Sinn *erbauen*, als den Tempel Gottes und der seid Ihr!

Zwölftens bete ich: Der Herr segne Euch und behüte Euch! Er sei Euch gnädig, und gebe Euch Frieden!" —

*   *

87

Das war eine Casualpredigt, ganz ad homines! Zu Anfang einschneidend, wühlend wie nach der Kugel in der Wunde, nach dem Pfahl im Fleisch; dann schmerzlindernd, tröstend, erhebend, zuletzt Balsam aus Mekka, Wein aus Bethlehem. Es war große Bewegung unter den Deportirten! Der Geschworne, Herr Wardrop, gab Zeichen großer Herzensangst von sich. Der Fleischhauermeister Cornbull griff mit der Hand in die Tasche; sein blinder John rollte die Augensterne, und wollte gern den Prediger sehen! Limmerik nannte ihn einen Mammuths-Pfarrherrn! Herr Tydal blickte gerührt auf meinen Hund Phylax, der auch nicht fehlen wollen. Alle waren bewegt, nur die Weiber waren — geputzt; wie die Weiber sind.

In der Kirche hatte Clarke seinen Vetter, den Maler Tydal herausgefunden, und sie gingen dann beide Hand in Hand hinaus in die Gefilde, um die schönsten Aussichten für ihre Landschaften aufzusuchen. Sie wollten sich nach acht langen Tagen wieder genießen, und ihre Leiden klagen, sagte Herr Tydal mir lächelnd, worüber Clarke die Augen niederschlug. Ich konnte dawider nichts haben, und blieb allein mir selbst überlassen; aber es that mir weh. O, was ist ein Freund in der Fremde für ein Schatz! Mittheilung des Neuen, Erinnerung des Alten, Vergleichung der Heimath und der Fremde, und jeder Genuß wird durch ihn erst recht lebendig. Einen Freund in der Ferne neben uns — und wir sind nicht entfernt, nur wie entzaubert auf einen Tag! Und wieder in der Heimath haben wir an ihm die Fremde! Er hat ihren Duft eingesogen, wie die Veilchensteine auf den Gebirgen; er glänzt von ihrer Sonne, wie der Bononische Stein. Er hat gesehen, was wir gesehen; und wenn wir ihn daheim betrachten, können wir wähnen, er sehe das Alles noch, und wir stünden nur abgewendet, mit dem Rücken gegen die sonnige Landschaft. Aber mit einer Geliebten reisen, dächt' ich, müßte dasselbe, und noch ganz etwas

Seligeres sein, vorzüglich, wenn sie dann in der Heimath unser Weib ist. — Armer Lambton! es giebt so viel reine Seligkeit in der Welt zu genießen, die so heimlich, und doch so gewiß vorhanden ist — wem sie gewährt wird. Aber die Gesegneten beschreiben sie nicht einmal uns andern armen Menschen — sie genießen sie nur. Ich denke immer: noch kein Glücklicher hat ein *Buch* geschrieben, höchstens einen Brief. Darum machen die Bücher auch nicht glücklich, sie zerstreuen bloß die Gleichgültigen oder Unglücklichen; nur das *Leben* beseligt. Wer nur recht leben könnte! Oder wem nur das beste Glück des Lebens gewährt würde — wenn Ich es nennen sollte, ich nennt' es nach meiner Art: Lisanna! Hätt' ich dann nicht Alles, was Ich mir wünsche? und ich weiß ja die Stelle auswendig:

Der, wer des Lebens beste Güter hat,
Begehre nicht die kleinen auch zugleich!
Im Großen und im Ganzen segnet' ihn
Ein Gott; und macht die Sonn' ihm hellen Tag,
Was soll ihm all' der kleinen Kerzen Schein!

Des Armen bestes Gut ist Wünschen und Hoffen. Hab' ich doch nun mein eignes Bett: von Lisanna berührt, und kann unbemerkt und ungestört träumen und weinen — wenn Clarke die Nacht seufzt, ja stöhnt. So lange Er seufzt, bin Ich glücklich! Wenn er nur auch weinen wollte! dann könnt' ich lachen — aber ich würde nicht!

———

Weihnachts heiliger Abend 1820.

In Altengland ist heut' Christbescherung, und die Christkinder — — wer sie wohl eigentlich sein sollen! wohl gar — — oder doch Engel — sie schweben mit ihren großen goldenen Flügeln und Kronen in dem sternehellen, blinkenden Winterabend, wie von den Sternen hernieder, um die Hütten der Menschen, und treten mit ihrem himmlischen Gruß hinein zu den Kindern, mit ihrem

Körbchen mit Geschenken voll eigenen Duftes; und die Kinder weinen vor heiliger Scheu, und verstecken sich hinter der Mutter. Auch die arme Lady Theano wird vor dem Christbaum sitzen und weinen und Marion wird ihr Alles bescheren — nur ihr Kind nicht, das arme schöne Kind! Daniel ließ sich niemals nehmen, den Knecht Ruprecht zu machen, so gern ich es neben Marion gewesen — gewesen! Nun hat er freien Platz. Nun freut Euch nur in Rowlandhill mit Schneebällen — hier *blühen* die Schneebälle, hier stehen die Gefilde in voller Pracht; ja, das Jahr schickt sich gemach zur Ernte. Auch diese Vergleichung mit Sommer und Winter, dieß süße Wissen, daß beide zugleich sind, dieß Hinüberempfinden und Herziehen im Geist, ist eine von den so heimlichen, und doch so gewiß vorhandenen Freuden in der Welt. Ich muß mich auch an solche halten. Andere habe ich keine erlebt. Doch stille Wunder giebt es hier viel. Wenn ich hier wieder durch Blumen und blühende Pflanzen ziehe, die mir bis an den Gürtel reichen, wähn' ich wieder: ich bin ein Kind, wie einst, als sie mir um die Brust leuchteten! Aber sie waren mir nur so groß, weil Ich so klein war. Denn, wenn ich neben meiner Mutter einzigen Ziege stand, war sie höher als ich; selbst die Lilie war größer als ich, ich mußte sie beugen, um in den Kelch zu sehen, und zu riechen. Es ist ganz richtig, daß jeder glaubt, eine Welt verloren zu haben, wenn er kein Kind mehr ist; ich glaubt' es auch, und konnte sie nie vergessen. Das zog mich auch so zu den Kindern, daß ich lieber nicht mochte Vicar werden. Und einen Schulmeisterposten sollte man im Grunde theurer verkaufen, als eine Stelle im Parlamente; denn sie erhält uns das Paradies um uns. — Hier nun mitten in den hohen Blumen auf den unabsehlichen Wiesen fand ich, Kinderloser, jene erste, liebliche Welt nun wieder; ich bin wieder im Jugendlande, im Paradiese. Froh in ihm wandelnd, habe ich ein Herbarium vivum angelegt, und nicht aus dem Grunde, aus welchem mir Doctor Toland freundlich dazu gerathen, scilicet in England ein groß Stück Geld dafür zu lösen! Ich lege die Blumen und Pflanzen nur sauber in die Bogen, schreibe die Zeit dazu: wann, und die Gegend, wo sie blühen, ob hoch oder niedrig, feucht oder trocken, und sammele ihren Samen unter Nummer einer jeden. Den Namen weiß ich kaum von Einer; ich glaube, sie haben auch keinen, wie Findelkinder; wer sie findet, *benennt* sie. Aber das untersteh' ich mich nicht, weil ich es nicht verstehe. Es muß aber nicht gut sein, die Namen schöner Blumen zu wissen; denn wenn ich welche bringe, und Dr. Toland Eine oder die Andere sieht, sagt er nur: Aha, das ist diese oder jene — — perennis, diese oder jene palustris; dann hat er Alles gesagt, und läßt die Blume Blume sein! Mir aber stehen noch die Augen auf ihr fest, und gehen mir über. Behüte doch Gott jede Blume vor einem Namen! Ich glaube, es wäre auch besser, wenn die Menschen keine hätten, besonders keine Titel, z. B. Schulmeister. Die Leute sprechen dann nur wie Doctor Toland: Ah, das ist der und der — und kehren Einem den Rücken, wie Mistriß Distreß, ohne zu denken, daß man ein Mensch ist, *zuerst* und *zuletzt!* Und die Rücken gefallen mir einmal nicht, weder an Frau noch Mann; sie sehen alle aus, wie Bracteaten auf einer Seite geprägt.

Clarke hat Sir Samuel gemalt, und so getroffen! Die hohe gefurchte Stirn, die zusammengezogenen Augenbrauen, das düstere und doch feurige Auge, den Mund so bitter lächelnd. Das Bild ist darum fast ganz Sir Samuel, weil es auch nicht spricht. Ich dächte, man könnte nur einen Todten im Bilde ganz ähnlich finden, weil er uns in der Erinnerung lebt, und das Bild auch nur Eine Miene, Einen Augenblick darstellt. Das ist das Elend der Bilder! Man sollte tausend von jeder Landschaft, von jedem Menschen haben, nur ein Jahr betrachtet, wenn sie noch hinreichten! Auch die alte Russel hat er verdoppelt, und nennt sie einen schönen Kopf! Wenn man sie lieber könnte ein gutes *Herz* nennen, wär' es für uns Alle besser; und doch versteht sich die alte Hexe auch auf Malerei, und giebt ihm Rath; und als ich mich mußte malen lassen, gab sie mir die Stellung, und ich mußte sie beständig ansehen, während sie strickte. Ich konnte den schönen Kopf nicht an ihr, oder auf ihr finden, besonders da Lisanna hinter ihr stand, wie die Rose auf dem Dornstrauch. Doctor Toland hat die Bilder in der Stadt gezeigt, und Clarke's Glück ist gemacht. Alles will sich malen lassen, und den Seinigen nach England senden. Die Hoffnung bezahlt der Mensch am theuersten, und so verdient er viel. Sir Samuel hat ihn auch von den Lämmern genommen, und ich weide allein meine Unverbesserlichen. Clarke hat Lisanna's Bild, das er noch vollenden zu müssen vorgiebt, auf unser Zimmer genommen. Es hängt über seinem Bett! Dadurch seh' Ich es freilich besser — ach, und seh' auch, daß es sein ist, und Sie vielleicht bald dazu. Denn Sir Samuel befördert nicht ihr Beisammensein, das sei ferne — er kümmert sich so gut wie gar nicht um das Glück oder Unglück des armen Kindes; und die Russel — verkaufte sie sogar, wenn van Diemensland von französischen Schiffen besucht würde! Am Ende muß ich Lisanna's Schicksal segnen, wenn sie nur noch Clarke's *Weib* wird! O Himmel, Lambton! Letzthin besah' ich Clarke's Blätter in seiner Mappe während seiner Abwesenheit, und fand zwei Gedichte hineingeschoben. Wer malen kann, kann am Ende auch dichten, oder vielleicht gar schon vor dem Malen. Ich trau' es ihm zu: denn welche schöne Hand schreibt er, so gleich und leicht, als wenn er nie einen Apfel aufgehoben hätte. Ich schrieb sie mir ab. Das Erste „Gemeinsamer Stoff" überschrieben, lautet — ja wirklich, es lautet mir immer in den Ohren:

Wenn ich die Rosen seh' im Mondenschein
So dämmernd blühn wie Er, und ihr Gedüft
Mich würzig anhaucht, so wie seines — wenn

Die Stillgeliebte mir so sanft daherkommt,
So Licht-beglänzt, wie Nachtgewölk am Himmel,
Mir ihre Stimme bang und reizend klagt,
Wie Nachtigallen im Gebüsch; wenn Ihr
Im schwarzen Haare nun Johanniswürmchen,
Die Ich Ihr in die Locken eingestreut,
So golden schimmern, wie die goldnen Sterne,
Wenn Ihr die Thränen auf den Wangen schimmern,
Die sie um mich geweint, wie Thau auf Lilien —
Dann scheinet mit Entzücktem Alles, Alles,
Die Rosen und der Mond, die Nachtigallen,
Die Feuerwürmchen und die Sterne, ja
Die schlummernde Geliebte, und ich selbst
Mir nur aus Einem Stoff gewebt, und Alles
Scheint mir so selig, wie ich selber bin!
Ich küsse dann die Rosenknospen, statt
Der Lippen meiner hold Entschlummerten!
Küß’ Ihre sanftgeschloßnen Augenlieder,
Wie das Gewölk, das leicht den Mond bedeckt!
Und wenn Sie mich an ihren Busen drückt,
Geschieht mir, als umarmte mich Beglückten
Die heil’ge Nacht! die schöne Frühlingserde!

Es trifft Alles zu: Lisanna’s schwarze Locken, die großen Blumenglocken-artigen Augenglieder, die Lippen wie Rosenknospen, und auch die Johanniswürmchen fliegen jetzt! Aber das folgende Gedicht zeigt schon von früherer Vertraulichkeit: denn der Nordschein blühte ja gleich die ersten Wochen, als wir hergekommen. Ach, wehe Dir, Lisanna, wenn es nur nicht auch von genauerer, vielleicht sogar verbotener zeugte. Aber, daß sich die Verliebten solche Gedichte geben! Ich schämte mir die Augen aus. Aber Clarke malt auch Manches als von hier, was ich doch nirgends *hier* gesehen habe. Doch ach, Lisanna spinnt ja, sie hat ein kleines Stübchen! Der feine Flachs, der Berg, die alten Weiden — o es trifft Alles! Ich will es mir zum Jammer herschreiben, das Gedicht, wenn es eins ist, — vielleicht auch nicht!

Wir mochten endlich eingeschlummert sein —

Doch Traum und Schlaf sind göttlicher Natur,
Und kennen selig nicht das Maß der Zeit! —
Da stieß mich leise die Geliebte an,
Und zeigte mir der Morgenröthe Glanz,
Die wallend in das freundliche Gemach
Wie eine Rosenflut vom Himmel floß;
Und blinkend schien das reinliche Gefäß
Vom Simms der Wand und schattete sich ab;
Und glimmend, und doch nicht entlodernd, schwamm
Im kühlen Feuerglanz der feine Flachs
Geröthet, und die Spindel eingetaucht,
Womit die Liebliche des Abends spann,
Und jedes Eckchen glomm von Licht erfüllt,
Daß selbst die Spinne an zu weben fing,
Ihr Tagewerk beginnend, und der Hahn
Erregte laut die ganze Nachbarschaft
Und alle krähten rings den Morgen an.
Da trieb Sie mich mit bangen Küssen fort,
Und ich, der ich nicht bleiben konnte, ging,
Noch oft zurückgewandt zum kleinen Haus.
Der Sonne wartend, steh ich auf dem Berg'
Nun einsam hier, und sehe ganz erstaunt
Das Morgenroth erbleichen und gemach
Und allgemach erlöschen, aber nicht
Und immer nicht die Sonne mit dem Blitz'
Erscheinen! ja dagegen treten leis'
Die größeren Gestirne wieder vor,
Und selbst der kleinen Silberflimmer blinkt
Aus lichter Bläue; rauschend flammt der Wald,
Denn feurig geht der Vollmond gar nun auf!
Die Lerche, die schon an zu singen fing,
Steigt wieder stumm, getäuscht und wie beschämt
Vom Himmel nieder in die junge Saat!
Bang ächzend schwirrt die Eule wieder um,
Die alte Weide leuchtet wie ein Geist,
Und nach der Sterne Stand ist's Mitternacht!

Ist's nicht genug, daß Menschen Liebende
So oft beleidigen? — Nun fängst du selbst,
O Himmel, sie zu täuschen an, und schickst
Als Irrlicht gar das schöne Nordlicht mir?

Das war ein Schweres! Ja „Nordlicht" ist es auch

94

überschrieben. Aber ich stehe mit meinem Kopfe für Lisanna, daß sie ein Engel ist, an Reinheit und Liebe. Ach, ich hab' es da selbst gesagt: an Liebe! Auch die Engel lieben, und sollen ja lieben! Wenn man nur nicht auch die Engel lieben müßte! — Doch dabei will ich ein redlicher Schulmeister bleiben, und ihr in der Sonntagsschule das sechste Gebot so treulich erklären, als wenn sie mein Weib werden sollte. Und wenn mir Gott Kinder und Halberwachsene genug zuschickt, nimmt mir Sir Samuel auch das liebe Vieh und die Kälber ab, wie Clarken die Lämmer, was wohl darum geschah, weil er sie immer nur hingejagt, wo schöne Aussicht war, bis auf die höchsten Berge, wo Tydal saß. Aber auch auf Clarke möcht' ich trauen! Ich seh' und hör' ihn selber so gern! Er ist lange in London gewesen, und weiß tausend Dinge Lisannen und den malayischen Mädchen zu erzählen, und ich nicht einmal viel von Rowlandhill, wo ich nur erst zwei Jahre Schulmeister war. Was erfährt *der* in der Schule? Die Kinder wollen von *ihm* erfahren, und das Wenige, was ich von Lady Theano und Sir Horazio etwa weiß, hatte mir die Russel in einigen Abenden schon abgefragt. Ja Clarke gefällt auch den Männern durch sein feines Aussehn, welches sie ihm doch nicht beneiden! Er ist so gewandt, so angenehm, und mischt, mit ungewöhnlicher Höflichkeit von Mann gegen Mann, oft sogar kleine Schmeicheleien für sie mit ein. Freundlich gegen den Geringsten, hülfreich selbst den Weibern in der Küche, und Miß Lisannen beim Sticken einer Geburtstagsweste für Sir Samuel, wozu er ihr Blumen gezeichnet, ist er der Liebling im Hause. So rohe Scherze wir anfangs von den Hausgenossen, vor allen aber von dem frechen kleinen buckligen Hobday über die Mädchen, und selber Lisannen, anhören mußten, und so sehr ich mich bestrebte, in ihrer unvermeidlichen Gesellschaft nichts aufkommen zu lassen, was mich als Schulmeister oft zwang, brummend fortzugehen: so muß ich doch Clarke die Ehre geben, daß Er durch seine glückliche Unterhaltungsgabe, durch die Gegenstände seines Gesprächs, durch Abbrechen desselben und Hinwerfen eines neuen, endlich — wenn auch nicht das schöne Gefühl der Schamhaftigkeit in Hobday und Consorten erweckt, doch eine gewisse Scheu in seiner Gegenwart ihnen aufgelegt hat, deren Gewohnheit sie bändigt, auch wenn er nicht da ist. Das freut mich um Lisanna's willen, die ganz unglücklich wäre, wenn Sir Samuel und Frau Russel nicht beständig wegen ihr uneins wäre, so daß Eines von ihnen sie immer niederdrückt, wenn das Andre sie aufrichtet. Was ich mich nicht getraue, aus falscher Schamhaftigkeit, thut Clarke: er tritt auf ihre Seite! Dafür segnet ihn der Herr sichtbar. Er ist ordentlich dick und fett geworden, als sollt' er hier Mayor werden. Ich würde es dem gesunden Klima zuschreiben, wenn Ich nicht hagerer und blässer würde! Aber auch Er sieht dabei blässer und bekümmerter aus. Auf einem dicken Bauch steht also *nicht immer* ein fröhliches Haupt. Er läßt sich auch verlauten, er wolle sich in der Stadt wo einrichten. Frau Russel, der er gefällt — und wer der Mutter gefällt, den soll gewöhnlich die Tochter heirathen — hat ihm, horribile dictu, Lisannen angetragen! Und er macht Ausflüchte! Sie ist ihm wahrscheinlich zu arm. Mir sollte sie das versuchen! Ach, und doch wie unglücklich würd' es mich machen, wenn mich Lisanna liebte — dann ginge erst meine Noth an. — Sprachbemerkung: „Anna" darf in Compositis niemals voran stehen, denn wie schön klingt Marianna! und wie häßlich Annamarie! wie hübsch, wenn Rose vorn steht, und Anna hinten: Rosanna! und wie garstig Annarose! Wie lieblich Lisanna, und wie abscheulich . . . . . ! und so ruft doch die Russel Lisannen, wenn sie ihre Laune gegen sie hat, und sie ist doch immer so schön, so geduldig, mit Einem Wort: Lisanna!

———

Was ich heut' einzutragen habe, das geht zu weit! und kann doch noch weiter gehen! Es waren Handelsschiffe angekommen, um Producte von van Diemensland zu laden. Da hatten wir denn viele Tage Schlachtvieh und Schafe herbeizutreiben und zu schätzen, Wolle zu wiegen, Häute zu zählen, Schinken und geräucherte Zungen aus der großen Rauchkammer zu holen und einzupacken, und Mehl zu messen. Darauf war Sir Samuel, der sich immer Geschäfte macht, um nur nicht an sich zu denken, auf den Seekalbfang in die Bassestraße geschifft; auch Tydal war mit seinem Schutzherrn fort, und Doctor Toland regierte das Haus. Clarke hatte eine bestellte Landschaft: die Gegend um einen Meierhof, und ich begleitete ihn Sonntags nach Mittage dahin, als grade wieder solche Beleuchtung war, wie er brauchte. Das Haus stand noch unbewohnt, rings umher war mit leichter Mühe und ohne Kosten der fruchtbare Boden urbar gemacht, indem man nur das wuchernde Gras und die köstlichen Blumen abgebrannt! Das macht mir den Ort schon verdrüßlich. Er malte auf einem großen, aber eben nicht hohen bemoosten Steine. Ich sah in die Gegend. Ganz von weitem erblickt' ich Lisanna und Doctor Toland, welche kamen — Herrn Clarke zu besuchen. Ich hatte nun freilich keine Augen für sein fertig werdendes Bild.

Nach ziemlich langem, verdrüßlichem Schweigen sprach er zu mir: „Freilich, wenn man die beste, gelungenste Landschaft, die der Geist der Erde, wie Tydal sagt, durch die Maler gleichsam ein zarteres kleineres Mal nachgeschaffen hat, mit diesen natürlichen Landschaften hier vergleicht, so kann man nur unsern Herrgott für einen Meister halten! Menschliches Wesen ist Schülerwerk; und doch versteht man nur diese schöne Welt als ein großes Kunstwerk, vollendet ausgeführt bis auf die feinste Ader im kleinsten Blatte, und das schimmernde Sandkorn, wenn man versucht, durch Kunst das so nachzumachen. Die Kunst schließt den Künstlern den Geist auf, und die Natur; Kunstwerke aber dann wieder den Menschen. Damit muß ein Vernünftiger zufrieden sein, wenn auch keins seiner Werke nur die entfernteste Aehnlichkeit mit den lebendigen leuchtenden Werken der Natur hat — in denen man spazieren gehen kann — keins seiner Marmorbilder dem Meisterstück der Natur, dem schönen Menschen, gleicht — das mit uns reden, uns lieben kann — nicht das wärmste frischeste Gemälde seinem Urbilde. Dazu sind sie auch nicht; sie stellen nur *vor*, was man in sich tragen muß, um sie nur zu erkennen. Denn auf dem Bekannten beruhen sie, gleichsam in den Himmel aus einem Prisma hinausgestellt, wie der Regenbogen beruht auf Wolken und Sonne." —

Dabei that er etwas stolz. Ich fragte ihn nur in aller Unschuld: Hat denn nur der die Gabe, die Natur zu verstehn, der sie wieder darstellen kann, der Künstler? Sind nur die Künstler die Glücklichen? Aber ich kunstloser Mensch verstehe doch Gedichte, auch zur Noth ein Gemälde, und wer Kunstwerke versteht, sollte doch die Natur weit leichter verstehen, Clarke! — Das kommt mir vor, sprach er, wie einen Goldfasan mit Federn eher essen zu können, als einen gebratenen, Lambton! —

In der Rede sieht man kein Komma, und sie klang mir gar zu besonders! Doch sagt' ich ihm nun, wie ich denke: Ich halte den Menschen für unglücklich, der keinen Sinn, keine Fähigkeit hat, Gottes Werke selbst aufzufassen, und so arm ist, ihren Anblick, ihre Fassung zu betteln beim Künstler. Liebe als das Mittelbare ist mir das Unmittelbare, das allen Menschen unendlich schöner, reicher, neuer und umsonst Gegebene, nur um den Gang, nur um ein Weilchen Harren! Und erst die stillen Wunder der Pflanzenwelt, nur die Staubfäden, den Staub, den Schimmer und Glanz! Wie Wenige sehen, was Allen da ist! Von Felsen stürzen, schäumen, oder hoch ragen, ja Feuer speien muß, was sie locken und rühren soll. Eine einzige Blume ist ein Weltwunder — aber sie ist vielmal, ist immer wieder da, sie kostet kein Geld, der Mensch hat sie nicht gemacht, sie ist nicht — gemalt! —

Man will also doch auch gemalte Natur, spitzte mich Clarke, und von diesem Wahne leben wir Maler! Es muß etwas dahinter sein, sonst verhungerten wir! —

Aber ich hoffe von den Menschen, versetzt' ich ihm, wenn Jederman: Hausflur, Saal und alle Zimmer bis auf den Boden wird voll Gemälde haben, daß er sich dann wieder hinaus in's Freie begeben wird, um das ihm selten Gewordene zu sehen. Ich — ich bleibe gleich lieber draußen! —

„Freilich, wer mit der Natur selbst verkehrt, wer ihre Morgenröthen, ihre Abendscheine, die Frühlingserde, die bunte Herbstlandschaft oft bestaunt, als Gotteswerk, wie Ihr, guter Gottesmann Lambton, und dabei ein armer Schelm ist, für den mal' ich keine Gemälde." —

Ihrentwegen, sprach ich über die Anspielung auf meinen Beutel ärgerlich, miß' Ich wenigstens niemals den Sonnenaufgang, oder das unheimliche Helldunkel der Sonnenfinsterniß, die selige Ahnung bei Mondverschattung — oder das feurige „Nordlicht!" Ich verließe gern die kleine Hütte des Nachts um — — — „Das Nordlicht!" wiederholte Clarke, und eröthete, als wenn es ihn eben anglüh; ach, das Nordlicht! seufzt' er, und senkte sein Kinn auf die Brust. —

Getroffen! dacht' ich, und fuhr fort: Nicht um alle gemalten St. Johannes- und Christus-Kinder, wollte ich missen, Ein lebendes kleines schönes Kind zu betrachten, besonders, wenn es mein eigenes wäre. —

Mein eigenes! wiederholte Clarke unruhig, und hörte auf zu malen.

Nun mußt' ich das Schreckliche wagen und sagen: Nicht um alle Magdalenen, Marien, Annen und Lisen wollt' ich nicht mehr *Lisanna* sehen! —

— „Auch Sie hab' Ich getäuscht, was wird Sie sagen? und erst Sir Samuel, Roßborn und — Patrik!" sprach Clarke, nur eben noch verständlich vor sich hin. —

Das war die bitterste Stunde meines Lebens! Es gab mir einen Stich in's Herz, und der helle blaue Himmel ward mir dunkel und schwarz. Unfähig, mich sitzend zu erhalten, sank ich mit dem Gesicht in das grüne Moos auf dem Felsen und athmete kaum.

Das war wohl ein Jammer! — Nach einiger Zeit hörte ich eine Stimme rufen: Clarke! Herr Clarke! — und nach einer Pause erst wieder: Lambton! Herr Lambton! o lieber Lambton! Es war Lisanna unten am Steine. Ich regte mich nicht, und nun erst brachen die Thränen mir aus, daß ich schluchzte. Endlich kam sie herauf und stand vor mir und klagte: Mein Gott, bester, einziger Lambton, was ist geschehen? Wie seht Ihr aus, blaß und außer Euch. Ihr weint!

Sie kniete zu mir, und beugte sich über, daß ihre Locken meine Stirn berührten. O! seufzt' ich, und wollte sie wegdrängen von mir — aber sie hing mit ihrem Engelsgesicht über meinem, ihre großgeöffneten Augen schwammen in Thränen, ihr Gesicht war lilienblaß, und ihre Züge sprühten doch gleichsam Angst, Hast und Zärtlichkeit, indeß ihre Lippen bebten! Und so voll unendlichen Mitleids mit ihr, sagt' ich nur leise: „Gehe zu Clarke!" —

Von dem komm' ich ja! erwiederte sie — der liegt unten am Felsen und regt sich nicht. Ermuntere Dich — ! — lieber Lambton, komm', hilf ihm, o komme, wenn Du — — mich lieb hast — ! —

So eilte sie vor mir hinunter. Als ich ihr nachkam, kniete sie schon bei Clarke, und hielt seine rechte Hand in ihren; seine linke hielt noch den Malerstock. Gewiß war er, von Gefühlen überwältigt, rücklings übergesunken, und an dem langen grünen Grase hinunter geglitten. Mich jammerte sein und Lisanna's! Es that ihm ja leid! —

Wo ist Doctor Toland? fragt' ich sie, mich besinnend. —

Er ist nach Hanse gegangen. —

Hol' ihn! mein Mädchen! —

Sie eilte fort, wie mit Flügeln.

So blieb ich allein mit Clarke, und wußte nicht, was ich anfangen sollte, ihm Hülfe zu leisten. Aus Mitleid und Angst umarmt' ich ihn, drückte ihn, und küßte ihn auf die Stirn, auf die Lippen; mit ward so eigen! Ich band ihm das Halstuch ab — er schlug die Augen auf, und wollte mich abwehren. Ich schöpfte nun Trost und riß ihm die Weste auf, ihm Luft zu schaffen. Da fiel er wieder in Ohnmacht. Aber *Er* nicht — so viel sah' ich — o Gott! ich schäme mich noch, und halte mir die Augen zu — *Sie* fiel in Ohnmacht, Sie, Miß Clarke — Clarke war ein *Weib!* Das Blut schoß mir in's Gesicht vor Erstaunen. Dann stand ich auf, rieb mir die Hände wie thöricht — ich wusch sie mir gleichsam, um so zu sagen, in Unschuld, und vor unaussprechlicher Freude fing mein Lambton an — was er, in seinem Leben nicht gethan hat — zu tanzen. „Ho! ho! ho! Jetzt ist mit geholfen!" rief er aus, jetzt bin ich glücklich! Gestern war das Jahr um, von dem meine Mutter sagte „wenn Du das überstanden hast — dann — dann — dann!" — Nun! nun! nun! rief er aus, ist es überstanden. Victoria! —

Dann aber schämte er sich, Clarken so zu vergessen — ach, und das Erste, das Unerläßlichste war — er mußte ihm die Weste wieder zuknöpfen. Sie konnte erwachen und sehen, daß sie verrathen sei! ach Gott, daß er knöpfte! Lisanna konnte jeden Augenblick kommen, und sehen, was er, und daß er gesehen habe! Jeder, der jemals in eine so unglückliche Lage gerathen ist, wird seine Angst begreifen. — Aber — und so ein Aber giebt es nicht mehr in der Welt — aber wollte er Sie nicht beschämen, nicht auf immer vor Clarke beschämt stehen, mußt' er sich entschließen. Er nannte sich zu täuschen, zu betäubst, zu beruhigen, sie seinen *Clarke! Clarke!* Er band sich *Clarke's* Halstuch breit über die Augen, und wie er die Soldaten gesehen hatte ihre Knöpfe auf dem Knopfholz putzen, schob er Clarke's Malerstock in die Weste, und knöpfte sie hochgehoben eilend und mit zitternden Händen zu. Das Sprichwort „was man selbst thut, ist gleich gethan," traf nicht bei Lambton ein. Denn er hörte schon Stimmen und Tritte sich nahen. Das war das schwerste Werk in seinem Leben, die sauerste Weste, die er zugeknöpft.

Da kam der Doctor Toland, Lisanna voraus, ihm die Stelle zeigend, und hinter ihnen, von Neugier gelockt, die malayischen Mädchen und Hobday. Lambton sagte nur eilig noch Toland, daß sie — — daß Clarke die Augen aufgeschlagen; — und als sie sich um Sie bemühten, lief er in die Felder, froh wie der König von Ulimaroa!

— Ich habe dieß Alles in tertiâ personnâ von Lambton erzählt — ganz natürlich ist mir das eingekommen, da ich es von mir per Ich! Ich! Ich! aus bitterer Scham doch unmöglich konnte, unmöglich Mich zu dem närrischen Menschen bekennen, der ich, oder er, da war; denn ich bin's ja nicht *mehr*, und war es vorher nicht! „Ich" wird siebenzig Jahr alt — der Mensch sollte alle Tage anders heißen, oder kurz weg: Anders! Immeranders! — Und doch war das der Wendepunkt meines Lebens.

Aber die Verlegenheit war damit nicht aus! Die Verwirrung ging nun erst recht an! Daß ich erst spät, spät nach Hause kam, war natürlich. Daß ich bloß an unserm Stübchen horchte, war natürlich. Daß Hobday mich anlachte und sagte: „Der Maler Clarke ist in die Wochen gekommen, und hat den Schulmeister Lambton um die Kinderruthe und die Schule gebracht" — natürlich! so entsetzlich ehrenrührig es auch war — das heißt, Gott sei Dank nur für mich armen Schulmeister sein sollte. Aber meine Unschuld war — natürlich; Kindergeschrei — natürlich. Daß Lisanna die Hände rang, sich einschloß und

schluchzte, daß ich es unter ihrem Fenster hören konnte —
gleichfalls natürlich — wenn sie mich liebte! scilicet. Und
daß die alte Russel alle Hände vollauf zu thun, und nicht
Beine genug zu laufen hatte, war Alles natürlich! Aber
unnatürlich, daß sie mir nachschrie „Ein schöner
Schulmeister! ein schöner Maler! Es ist nur noch ein
tausendes Glück, daß wir dahinter gekommen sind, ehe
unsre Lisanna den Clarke geheirathet hat! Was daraus Alles
hätte entstehen können! Nun Gott sei ewig gedankt! Man
denkt, man ist in van Diemensland, in Hobarttown, wo
altes Elend bloß abgebüßt wird! Aber, du lieber Himmel, es
ist hier wie in Rowlandhill, in London, in England, in
Europa, in der ganzen Welt!"

Ich ließ sie hausen, lief in die Nacht und in das Freie
hinaus und dachte: Iliacos muros intra peccatur et extra!
Aber Wer gesündigt hatte, und vielleicht extra, sc. muros
schon — das wird schon zur Welt kommen, wie das
unschuldige, liebe Neugeborne. Und doch that ich die ganze
Nacht kein Auge zu, bloß um Lisanna, die Ich erst so
ungerechter Weise mit Clarke beeifersüchtigt hatte, —
besonders zuletzt auf dem elenden Steine — so gewiß es an
sich möglich war! — — Aber o Gott, wenn sie nur auch
wirklich über mich weinte! seufzt' ich — Dann ist mir
geholfen, und Ihr zu helfen. Ueber was weint sie denn aber
sonst, und worüber kann sie weinen? Ueber — die
Ausnahme von der Regel, die heut zu Tage bald die Regel
ist? Ueber ein neugebornes Kind? Mein Gott, das weint ja
selber genug! Aber, aber wenn Sie so schlecht ist, von mir,
von Lambton, so schlecht zu denken — ach, wie ich doch
schlecht genug gewesen war, von Ihr zu denken, einen
Augenblick einen bösen, den elendesten Augenblick meines
Lebens — wie sollte ich ihr da am Morgen vor die Augen
treten? Wie sollt' Ich ein Wort herausbringen, mich zu
entschuldigen, wenn es nicht Clarke that — oder vielleicht
der — Vetter Tydal! Da ging mir ein Licht auf, grade mit der

103

Sonne, und so froh, wie sie, daß ich endlich einschlief, wie die Menschen in England, bei denen sie jetzt unterging. Man wird ganz confus in diesem Lande! Dort gehen sie schlafen, hier wachen sie auf! Ich möchte wohl wissen, wer eigentlich Recht hat?

Nun in dem kummervollen Schlafe in der Morgenkälte hatte ich wunderliche Träume auf meinem Steine; aber ich war auch wieder in England, in Rowlandhill! Ich sahe einmal die alte Anna, und die Schulkinder, und freute mich, daß mir die Glieder zitterten, und die Zähne klappten. Sir Horazio besuchte mich in der Schule, und ich machte ihm lauter gehorsame Diener. Das mußte mir wohl von dem öfteren Nicken und plötzlichen Vorfallen des Kopfes im Schlafe, im Traum einkommen! denn mich erweckte mit einem tüchtigen Stoße vor die Stirn unser großer Ziegenbock, der an mich gewöhnt, jetzt früh zu mir gekommen, mich nicken gesehen, und geglaubt hatte, sein Präceptor wolle sich heute einmal zu ihm herablassen, und sich mit ihm stoßen; und auf meine wiederholten Aufforderungen: „Butz! Butz!" hatte er es gewiß erst mit schwerem Herzen gewagt und gestoßen! und ganz freimüthig, also tüchtig und derb-gehorsam als tüchtiger Ziegenbock. Er hatte mich auch überwunden, und stand über mir wie ein vierbeiniger Triumphbogen, mit seinem Bart, und leckte mir nun mitleidig das Gesicht, und funkelte mich mit den Augen an. Ich war ganz naß vom Nachtthau und zitterte noch vom Morgenfrost, und hatte Ohrenklingen, wie das Bild Memnonis beim Aufgang der Sonne. Daß ich meine Linden, meine Kinder, meine Anna wiedergesehen, hatte mich heiter gestimmt; daß mein untergebener Bock mich so subordinations- und respect-widrig behandelt hatte, brachte mich zum Lachen! und wer in irgend einer Lage lacht, der lacht; und der lacht, er mag wollen oder nicht, versteckt zugleich über seine ganze Lage; denn der ganze Mensch lacht, und auch weinen kann man nicht mit Einem Auge. Ich lachte und ärgerte mich dann wirklich weit weniger. Dennoch ließ ich mich nicht sehen. Denn man konnte ja — da man mich einmal schuldig glaubte, mich nun noch gar für schamlos und frech halten, wenn ich kam! und ach, auch wiederum für hartherzig, daß ich nicht nach Mutter und Kind sahe; wie es bloß die vornehmen Herren können, wenn sie ein armes Mädchen unglücklich gemacht haben. Darum wäre ich bald hingegangen! Aber Lisanna, Lisanna! Ich war so böse auf sie, daß ich sie auch bald Anneli — — gescholten hätte. Mich für so schlau, so versteckt und so verstellt zu halten, daß ich unter dem Deckmantel der Liebe zu ihr — — Aber war der Schein nicht wider mich, und Clarke's Schönheit? Und in dem Liebes-Rechtshandel trat ein vierbeiniger hölzerner Zeuge, der für zwei lebendige Zweibeinige gelten konnte — das frühere Eine Bett — gegen mich auf; das Zusammensein, das Schwatzen mit Clarke bis tief in die Nacht. Doch that er mir leid — wie mußte ihm zu Muthe sein! Und nur das Vertraun auf Doctor Toland den *Menschen*freund, und auch *meinen,* beruhigte mich über seine Behandlung, wenn etwa das Mädchen oder Weib — ja ja *Weib*, das ist mir eine Herzstärkung von ihm zu vermuthen — nun büßen sollte, was Clarke der Maler durch seine Kleidung verschuldet. Vielleicht auch nicht.

Nur die schöne Talo war mir ein lächerlicher Trost. Hatte sie sich nicht in Clarke verliebt? und hatte Clarke das sinnige arme Kind nicht manchmal mitleidig sogar umfaßt und geküßt, um sie mit geistigem Zuckerbrot zu nähren wie einen Canarienvogel mit dem wahren leiblichen vom Zuckerbäcker. Das gefällt mir jetzt allerdings von ihm. Doch verrieth ich es auch damals nicht, so sehr ich zürnte über allen Scherz in der Liebe, und warnte bloß die kindgute Talo in Lisanna's Gegenwart, vielleicht etwas zu schulmeisterhaft; zu sehr überzeugt, daß der Scherz in der Liebe der bittersüßeste Ernst sei; denn alle großen Leidenschaften spielen mit dem Leben, und Scherz, Herz und Schmerz reimt jedes Kind zu leicht! Denn Talo, die treue Seele, fing — damals — an zu weinen! und auch Lisanna — als wenn ich Sie auch mit ihm verdächte. Und ich will mich von dem Doppelsinn meiner Warnung nicht frei sprechen! Ich hätte Talo vielleicht — schändlicher Weise — gar nicht oder doch nicht so gewarnt, wenn ich nicht Lisannen warnen wollte! Ach, die Liebe ist wohl der Grund von allen guten und bösen Gedanken und Werken in der Welt! Aber das Böse ist nur der Schatten der Liebe! man *haßt* den Einen nicht, man *liebt* nur den Andern; wie der arme Vater Brot *nimmt*, und seinen hungrigen Kindern *bringt!* Mir kommt es immer so vor, als wenn er es nur *brächte*; nur *bringen*, nicht nehmen wolle. Ich kann auf keinen Menschen böse sein, höchstens thut mir einer leid, recht leid, noch ohne daß er einmal ein Vetter von mir ist! Was muß also nicht erst der fühlen, der ihr Vater ist? Wenn Er immer die Liebe ist: Liebe! Ich getraue mich hierin Recht haben zu wollen. Mir thut es bitterlich weh, daß ich mich auf dem Steine so abscheulich mit Clarke gezankt hatte, oder, daß ich ihn doch hatte so angreifen *wollen*, und er es sich so zu Gemüthe gezogen, daß er sich sogar entpuppt hatte; was freilich wohl Alles auch ohne mich, vielleicht zu selbiger Stunde, geschehen wäre. Ich hatte das Heimweh so arg, wie eine Krankheit; ich durfte es haben, denn das Patrik'sche Patent-Mittel dagegen, wuchs ja für mich in Altengland nicht — vielleicht auch ja!

Ich sahe in meiner Angst schon am Morgen von der Höhe im Felde in das Meer hinaus, sahe Schiffe kommen, und erkannte zuletzt das meines Herrn Samuel! Mir klopfte das Herz; ich trieb in den dunkelsten Wald. Spät nach Mittage hört' ich Talo's Stimme mich rufen. Ich war in keiner geringen Verlegenheit, als ich vor Sir Samuel erscheinen sollte! Aber zur Abendmahlzeit! Was sollte das bedeuten? Talo sagte mir weiter kein Wort, denn sie schämte sich vor mir, wie ich mich vor ihr, und eilte mir voraus. Ich trieb meine Schüler nach der Hürde, langsam und zögernd. Dann schlich ich nach dem Wohnhaus. In der Hofthür begegnete mir Lisanna. Wir standen beide, stumm uns ansehend, vor einander; die Füße versagten mir den Dienst. Ich lehnte mich mit dem Gesicht an die Wand und hielt mich fest mit flachen Händen; sie schlich nur an mir vorüber. Als ich mich umsah, war sie verschwunden. Ich bedauerte herzlich, und mit gefalteten Händen, daß man die Unschuld, die Gedanken, die Liebe nicht sehen kann! Das wäre doch viel besser, und ersparte tausend, ja alle Mißverständnisse, Spione, Foltern, Inquisition und Justizmorde. Auch die Gesandten hätten es leichter. In Summa: dadurch würde eine neue Welt, eine neue Sprache, ein neues Menschengeschlecht, ja ich behaupte: Engelsgeschlecht! Dem Herrn, der so viel Wunderbares eingerichtet, der das Johanniswürmchen erleuchtet, den Diamant durchsichtig geschaffen, war die Kleinigkeit auch noch eine Kleinigkeit! Wie gute Wege den Verkehr verkürzen, so würde, wenn jede Brust ein illuminirter Telegraph wäre, jedes Geschäft viel kürzer, das Leben also viel länger sein. Auch viel süßer und sicherer! denn Jeder kennete seinen Mann, und seine Frau, Notabene. Und wie keine Frau, ja kein Mann mit Flecken im Kleide gehen will, so müßten dann Alle mit reiner Seele erscheinen. Das wäre wohl Manchem und Mancher ein Schweres, es gäbe dann wohl so viele arme Seelen — wie jetzt arme Schelme in Lumpen. Und wenn der Mensch einmal durchsichtig wäre, dann sähe man auch, was jeder im Magen hätte; und welcher Schulmeister ließe gern alle Tage dreimal seine richtigen Kartoffeln darin bedauern? Ich schon nicht! „Das allzuschwere Fleisch," wie Hamlet sagt, ist also recht weise den armen Seelen zum Kleide gegeben, wie die Kleider eine Wohlthat für die Häßlichen und Alten sind. Man sieht doch ein Halstuch mit Spitzen; einen seidenen Rücken, feine Casimirhosen und blanke Schuhe, statt magerer Beine &c.; wie man nun feine gefällige Rede hört, statt List und Trug.   „So" ist gut! sagt ja Crabbe. —

Ich hatte kaum seiner gedacht, als mich der leibhafte Crabbe, wie der Wolf in der Fabel, umarmte! Ich traute meinen Augen kaum.

Ja, ja, sagt' er lachend, Wir sind die Seekälber, die Herr Samuel das Mal mitgebracht hat! Das war ein wüstes Leben in der Wüste, wo wir mit dem Boot in der Wasserhosennacht gestrandet! —

Phylax, der mir nachgekommen, sprang an Crabbe in die Höhe, und grüßte ihn mit Gebell. Nun herein! rief Crabbe, hinein! Dabei drängt' er mich so in das Zimmer, daß ich sehr uns schicklich und plötzlich vor der Gesellschaft darinnen erschien, und der freundliche Stoß sie um meinen gehorsamen Diener brachte. Capitain York bewillkommnete mich schon von weitem, Stephan und William hingen an meinem Halse, und selbst Mistriß Distreß freute sich, daß sie mich wieder sahe. Das konnt' ich ihr glauben. Wer sich freut, daß er einen Andern wiedersieht, der lebt ja selber! Mich aber freut' es am meisten, auch um meinetwillen, den Vetter Tydal zu sehen! Auch der gute dicke Roßborn fiel leicht in die Augen, und die Stimme des braven Predigers Patrik war nicht zu verhören. Heut, hier, lernte ich mir ihn nun ordentlich auswendig: Ein sehr schöner, hoher, hagerer Mann mit schwarzem kurzem Haar, schwarzen glühenden Augen und länglichem edlen feinen Napoleonfarbigem Gesicht; ein Napoleon an Freimuth und Kraft und durchdringendem Verstand, mein unvergeßlicher Patrik, redlich und offen, furchtlos und kindgut, wie kaum ein Mensch jemals wo und mehr in der Welt. Jeder König hätte Muth bedurft ihn zu hören, ja jeder Geistliche; den allergrößten Muth aber hätte der Papst zu einem öffentlichen Colloquio mit ihm bedurft. Denn Er, nämlich, versteht sich Patrik, leuchtete ganz vom Geiste der Wahrheit und brannte freileuchtend, wie ein großes stilles Gestirn — am nächtlichen Himmel. Und mir war er — Freund. Es ging gleich zu Tische. Auch Lisanna war dabei; und jedes Wort, das Capitain York sprach, mich zu legitimiren, war mir in Ihrer Gegenwart eine Guinee werth. Doch als man zuletzt Herrn Tydal eine Gesundheit „auf die Bevölkerung von van Diemensland" zutrank, als der Vetter zum Vater ward, da ertrug es das gute Kind nicht länger, und ging vom Tische. Sie sprang auf Talo zu, schien ihr etwas zu sagen und hielt sie dabei umarmt. Sir Samuel schien noch etwas ungehalten, aber er hielt sich doch, und Frau Russel war am meisten *darüber* unwillig, daß sie sich mit all' ihrer Klugheit doch getäuscht hatte!

Doctor Toland besänftigte Beide und sprach: Die Deportirten kommen ja nicht ohne Fehler hierher, sondern grade sie *abzulegen*; und der kleine lebendige Fehler der Miß *Clara* ist so munter und holdselig, daß wir ihrer Schamhaftigkeit schon vergeben müssen, wenn sie lieber länger das Ansehen eines lobenswerthen Jünglings, als eines tadelnswerthen Mädchens haben wollte! —

Auch ist sie ja Herrn Tydal nur aus Liebe hieher gefolgt, nahm Herr Roßborn das Wort; und um das Glück ihrer Verbannung mit ihm zu erlangen, täuschte sie nur mit schwerem Herzen! und langte nur mit ihren sehr niedlichen Fingern in Strandstreet im Laden nach dem — freilich nicht ihr gehörigen — unbedeutenden Malergeräth, das ihr aber ganz Hobarttown werth war! Auch ist sie selbst so darüber erschrocken, und wie versteinert stehen geblieben, daß die schwerste That sich selbst zu verrathen, ihr leicht gemacht ward von ihrem reinen Gefühl. Herr Prediger Patrik wird sie dann trauen, und ein Viertelstündchen nachher das Kind taufen, damit doch einigermaßen die Ordnung hergestellt werde, was unsere Pflicht ist! —

Ich ward bald blaß bald roth, und herzte die Knaben links und rechts. Am meisten beschämte mich Capitain York's Toast auf mein Wohlergehn. Er dankte mir, zur Rede aufgestanden, „daß ich das Schiff Sr. Majestät durch meine

Demüthigung erhalten" — ohne auf das Wunder Rücksicht zu nehmen, das uns gerettet. — Er sagte „ich hätte das Wort Gnade noch einmal über 100 Menschen ausgesprochen." — Ist mir ganz unbewußt! — „Und es müsse und werde mir hier und dort wohlgehen." In van Diemensland und in England! dacht' ich bei mir; denn *Der* in dem wahren *Dort* weiß Alles das ja besser. — „Unterdeß wird sich Sir Samuel für uns Alle abfinden." — So kann es Einem gehen, wenn man nicht ertrinken will! dacht' ich bei mir; und wenn ich recht gehört, so weinte Lisanna in dem Jubel. Herr Roßborn erklärte mich für frei, und dankte gleichfalls, bat aber nicht um Verzeihung. „Ich habe meine Schuldigkeit gethan, sagt' Er, und Sie, Herr Lambton, sind so ein pflichtdurchdrungener Mann, daß ich mir von Ihnen meine Pflicht nicht darf vergeben lassen! Ich werde mit dem Gouverneur Macquarie sprechen, der dieser Tage hier ankommen wird, und einen guten Gehalt als Lancaster- und Sonntagsschulmeister, wenn Ihnen Beides nicht zu viel ist, kann ich Ihnen im voraus versprechen — wenn Sie bleiben wollen. Aber Sie wollten doch nur gute Menschen aus Kindern bilden in ihrem Rowlandhill — und hier sind Kinder! und hier ist Rowlandhill!" — Ich konnte für so viel Glück und Gnade gar keine rechte Worte finden, und bat nur Sir Samuel mit Thränen, mich in seinem Hause zu behalten! — „Ist denn mein Haus Ihr Glück? oder in meinem Hause?" sprach er, mich lächelnd von der Seite anblickend, und dann sich im Zimmer umsehend. Lisanna verbarg sich hinter Talo, welche für sie und für sich ein gleichsam doppelt lächelndes Gesicht annahm, und nach Sir Samuel sah. „Daß ich gut gegen Sie denke, sollen Sie erfahren, Herr Lambton;" fuhr er fort. „Ein Schulmeister muß eigene Kinder haben, wenn er Anderer Kinder lieben soll. Die Liebe zu Andern ist bloß eine Uebertragung unserer Liebe zu den Unsern: auf Andre. Aber als diese Versetzung oder Phantasie ist sie noch alles, und alles von

Allen zu fordernde Mögliche, jedem nun klare wohlthät'ge Himmlische; und zu Kindern gehört, meines Wissens, eine Frau nothwendig; und für diese Noth hab' ich Rath und That. Moses hat bei Jethro Schafe gehütet, und ist Moses worden. Jacob hat um Rahel 7 Jahr gedient, und gewiß allerlei Vieh gehütet, und auch wohl mit dem Bieseln der Kühe seine tausendste Noth gehabt, wie Sie! und die rothe Brausche auf Ihrer Stirn, die Ihnen heut' Morgen der Bock gestoßen, wird sich auf einige Weinumschläge verziehen, noch ehe Sie ein Bräutigam werden, wie man sagt. Uebrigens pflege ich Jeden, den ich in mein Haus nehme, zuerst an Gehorsam und Arbeit zu gewöhnen, welche nicht nur verstatten „ein Mensch zu *sein*," sondern erst recht zu *werden*. Auch Lisanna erzieh' ich nach alter Weise, welche die einzig wahre bleibt, um sie glücklich zu machen! Denn die alten Königstöchter trugen Wasser vom Brunnen, spannen und webten — und liebten, daß sie vor Freuden vom Cameele fielen, wenn sie ihren Bräutigam sahn, und waren glücklicher als die neuen. War ich oft hart gegen das liebe Kind, so hatte das seine Ursachen, die an Ihr und Mir nicht liegen, deren Wirkungen wir Beide nur dulden — um der argen Welt willen, um nicht zu sagen der „schönen Welt." —

Darauf schwieg er mit finstrem Gesicht. Herr Prediger Patrik nahm in dieser Frist das Wort und sprach: Ja, Gehorsam und Arbeit sind die beiden Grundpfeiler der menschlichen Gesellschaft und des allgemeinen Glückes! Wehe denen, die sie nie gekannt, nie gelernt haben und an sie nicht gewöhnt sind! Jeder Mensch darf nur arbeiten, wozu er Neigung hat; und aus den verschiedenen Neigungen, welche weise von der Vorsehung allen verschieden zugetheilt sind, entsteht doch ein mit Allem wohlversorgtes, wohl in Ordnung gehaltenes Ganze. Und jeder Mensch darf nur so viel arbeiten, als die Bedingung gesund zu bleiben erfordert. Faulheit ist die Quelle aller mit

Recht so genannten Unthaten, und die Quelle der Faulheit ist die Unkenntniß des wirklich Guten. Denn Jeder ist eifrig, ja unermüdlich nach dem, was Er für reizend und strebenswerth hält. — Und den Gehorsam, die Gewöhnung einem fremden, ja nur dem eigenen Willen unterthan zu sein, o mein Gott, wenn ich diese nur mit Engelszungen predigen könnte! Allen Müttern und Vätern zuerst, die ihn das Volk der Kinder lehren sollen! Denn im Leben verlangt ein Gott den unverbrüchlichsten, ruhigsten, immergleichen Gehorsam gegen die Gesetze seiner Welt von jedem, der glücklich sein will. Er läßt dagegen denken und handeln — aber die Gesetze walten allmächtig und eisern fort, und zermalmen den ohn' Erbarmen, der sich nicht fest an sie anhält. Denn so nur besteht seine Welt, und gehen seine Sterne so richtig. Welcher Sohn seinem Vater nicht gefolgt, der wird ein Ungehorsamer bleiben gegen Gott und Menschen; und welche Tochter ihrer Mutter nicht Arbeit abgelernt, die wird ihrem Manne und ihren Kindern verderblich sein. Denn wo das Gute nicht ist, da ist das Böse! Wo Frühling ist, da hat der Winter die Macht verloren, und das Menschengeschlecht darf nicht das Böse ausrotten, nur das Gute pflanzen. Deßwegen muß die Schule eine ernste, kirchenheilige Anstalt sein! Ein guter Lehrling wird ein guter Meister, ein guter Schulknabe ein guter Bürger. Denn im Leben ändern sich nur die Gegenstände, die uns beschäftigen — das Gemüth, der Eifer, der Sinn, die Thätigkeit sollen dieselben bleiben. Nur andere Zwecke, so ist die Schulstube das Vaterland und die Welt für den Menschen. Wie das *Vaterhaus* Ihr Vaterhaus war, muß das *Haus* (Parlament) Ihr Haus — wie der *Vater* Ihr Vater war, der *König* Ihr König sein, die Gesetze Ihre Gesetze, und seine Diener im ganzen Reiche Ihre Diener, Alle Menschen umher ihre Gehülfen, Lehrer oder Lehrlinge und Ordner, wie in der Lancasterschule. Wie schon als Kind findet sich dann im Leben jeder berechtigt, zu helfen, zu lehren, zu warnen und abzuwehren! Wenn Menschenliebe, das heißt also menschliche Liebe, in ihnen lebt und strebt, dann bedarf es keiner Gesetze; denn die Gesetze überflüssig machen, allmälig alle einschlafen lassen bis auf das Eine, das Selige: die Liebe zu den Unsern und durch sie zu den andern Bildern des Menschen — das ist der Triumph des Volkes, und der Beweis seiner Bildung. Der Liebe fähig, beladen von ihr ist die ganze Welt; auf Erden haben sie alle Gebilde, alle — niederträchtig oder unbedacht sogenannten Thiere, von Maus bis Elephanten, von Wallfisch bis Biber. Aber die Thiere haben keine Phantasie, und lieben aus eingeborener Kraft und Macht nur sich und die Ihren, aber sie sind furchtbar allen Andern, eben nur ohne die einzige wahre Mittlerin: die Phantasie. Fähig der Phantasie ist auf Erden nur der Mensch, — der Mann, das Weib, die Jungfrau, der Jüngling, schon das Kind mit seiner eingeborenen Liebe, und durch sie folgsam jedem Gesetz Gottes oder der Menschen, wenn es außer Ihr noch Eines gäbe! Der Mensch voll Liebe und, wohlgemerkt, voll aufgethaner Phantasie — der Einbildungskraft, der heiligen Kraft sich in Andere einzubilden, und somit Andere, alle Anderen so treu und lieb zu empfinden wie sich — *der* Mensch wird kein Gesetz übertreten, Keinen beleidigen, sondern Jedem helfen, wo und was er kann, und unendlich mehr thun, als man ihm vorschreiben könnte. Und wo, wandte sich Herr Patrik an mich, wo werden solche Menschen gebildet, durch Gottes in allen Menschen bereite gestaltete Kraft? Schüler, die einst Führer der Andern zu sein verstehen, künftige Armenpfleger, Vormünder der Waisen, Beistände der Wittwen? Wo, Herr Lambton? — Ich antwortete fragend: Wohl in der Lancasterschule! — Wo, fuhr er fort, hat man nur Eine Tafel mit dem Ordnungsgesetz, und nur Eine mit dem Sittengesetz? Wo lehrt man Einen den Andern lehren, sein Leben ordnen, und es Andern ordnen? Wo, mein Lambton? —

113

Wohl in der Lancasterschule! versetzt' ich.

— Ja, wohl, sehr wohl, am besten da! sprach Er. Und wo wird dem Könige, dem Richter, dem Prediger ein gehorsames arbeitsames, wohlgesittetes und belehrtes Volk zugebildet, und dadurch wieder dem Volke wohlgesittete, wohlbelehrte, arbeitsame, getreue Richter, Prediger, und dadurch endlich eine glückliche, selige Menschheit, ein Reich Gottes — Lambton?

In der Lancasterschule! bestand ich mein Examen. —

Und das wollen Sie bei Uns, nach allen Ihren Kräften, allem Ihrem Verstande treu und fleißig thun, lieber Lambton? frug mich Herr Patrik gerührt, und reichte mir seine Hand dar.

— Ich schlug ein, und unter einer rauschenden Gesundheit „Lancaster für immer!" weinten wir Beide.

Da ging die Thür auf, und blieb offen stehn, es schallte Gescharr und Wirwarr herein. Was war zu sehn? — Hobday hatte Crabben vorher schon weggewinkt, und Crabbe wiederum Stephan und William. Und wahrlich nunmehro ganz zur Unzeit brachten sie lärmend den von den Lichtern geblendeten stutzigen Bock, als Sieger bekränzt, hereingeführt und nachgestoßen an unseren Tisch, wo ihn jeder besah, am Barte bezupfte und mit Dessert fütterte. An Mistriß Distreß stieg er, unter einem lächerlichen Hurrah! auf die Hinterbeine, und ließ sich ihren Blumenstrauß schmecken. In dem Aufruhr schlich ich in die Küche, wo Lisanna beschäftigt stand, ein Häutchen aus einer Eierschale zu schälen. Schweigend sah ich der Schweigenden zu. Kein Wort, kein Blick. Dann trat sie vor mich, strich mir die Haare aus der Stirn, und ein wenig auf die Zehen gestellt, legte sie mir es auf, mit einigem sanften Schlagen wohl mehr als nöthig war. „Das hätte eigentlich gleich geschehen sollen!" sprach sie. Ich aber, um indeß nicht die Hände steif am Leibe hinunter zu halten, und die schlank Ausgedehnte im Gleichgewicht zu erhalten, daß sie mich nicht berühren müsse, nicht an meine Brust antreffen — legte meine Hände sanft in ihre Seiten, hielt den Athem an, und schloß die Augen. Aber ich fühlte doch Ihren Hauch — ach, wenn Sir Samuel Sie mit dem Glücke gemeint hätte, was ich ganz leise leise in meinem dunkeln seligen Kopfe meinte! Und ich weiß nicht, sie lächelte doch horchend, als ich sie wieder ansah, stand noch ein Weilchen — erröthete, und schwebte dann von der Flamme des Herdes beglänzt hinaus. — Denn Doctor Toland kam — und gab mir — was gab er mir wieder — mein Tagebuch! Heben Sie es besser auf! sprach er zu mir. Doch werden Sie mir vielleicht und dem Schicksal danken, daß ich es fand, und als das beste Recept für Lisanna's Krankheit, es ihr verschrieben. Denn die Russel, gestern Abend, um den leidenden Zustand des lieben Kindes ernstlich besorgt, hatte mich zu ihr geschickt, und als ich leise zu ihr eingetreten, verrieth sie sich selbst durch schwere Seufzer und Klagen über einen gewissen Lambton! Ich schlich wieder aus dem dunklen Stübchen hinaus, holte Licht und kam nun laut geschritten, und setzte mich zu Ihr, um etwas vorzulesen. Sie ließ Alles geschehn. Ich las, sie ward still; sie setzte sich auf in den Kleidern; sie sank wieder hin, und weinte wieder, aber Freudenthränen, Reuethränen — ich las nun von Ihr — dann sprang sie auf, sie! mir um den Hals — ja sie küßte mich sogar still und fest, und versiegelte mir Lippen mit Lippen, und lachte und jammerte und war zornig auf mich und Euch. Sagt was Ihr wollt, aber jede Verwirrung ist eine Krisis, je ärger, je kräftiger! kürzer! Die krumme Linie ist auch ein Weg! der Gestirne Weg durch den Himmel! Alles verdankt Ihr Clarken! Verdankt es ihm auch! Sie, die nunmehrige Clara Tydal, läßt Euch bitten, ihr Kind aus der Taufe zu heben. Das Heft hatt' ich in Miß Clara's — und Eurem Zimmer gefunden, — auch Sir Samuel hat heute schon darin geblättert und die Russel mit der Brille ihm über die Achsel gesehen. Nun, werden Euch auch Sir Samuel's, Roßborn's und Patrik's Tischreden verständlich sein! und wer das Gedicht an das Nordlicht gemacht hat — Ihr ließet Euch ja nicht sehn. Nun frisch, angezogen, und Pathe *gesessen* meinetwegen, wenn Ihr vor Freude und Scham nicht *stehn* könnt. Talo wird auch getauft! —

Ich glühte über und über! Er war wie verschwunden, während ich auf mein Heft sah!

In meinen Rock war bald gefahren, und mit erleichtertem Herzen ging ich die Treppe wieder nach unserem Stübchen. Darin fand ich die ganze untere Gesellschaft schon versammelt, den Bock ausgenommen. Miß oder in Wahrheit und Ehren: Mistriß Clara, in dem weißen Sonntagskleide der Lisanna, sehr blaß und lächelnd, hieß mich willkommen, wie einen bekannten Freund, oder Bruder. Sie putzte an dem Kinde, welches Talo auf den Atmen hielt; und diese schien nun, anstatt in Clarke, in das Kind verliebt! — Wunderbar! — Tydal machte den Kindtaufen-Vater, stellte den Tisch in die Mitte, half ihn mit dem weißen feinen Tuche behängen und die 4 Zipfel aufstecken, stellte das silberne Becken darauf, und die gefüllte silberne Kanne darein, und fühlte noch mit dem Finger nach der Wärme des Wassers. Lisanna nahm nun das Kind von Talo's Armen, und die schöne, vor heiligem Zagen blasse Talo trat nun mit dem sinnigen, friedevollen Gesicht als Taufkind vor den Tisch. Herr Roßborn, Doctor Toland und Mistriß Distreß, stellten sich als Pathen um sie, dieß Mal alle Drei der unmöglichen Mühe überhoben, das Taufkind zu halten, und für dasselbe dem Teufel zu entsagen. Nach einer schönen Rede, die ich leider nicht erhalten konnte, weil sie Herr Patrik aus dem Kopfe, nein, aus dem *Herzen* sprach, tauft' er die rührend Hingebeugte. Sie weinte in Einem fort, nur nicht störend, wie ein kleines Kind; aus ihren Augen tröpfelte der fromme Thau in das ausgegossene Wasser, und sie ward mit ihren eigenen Thränen getauft. Dann trat sie zurück, sahe Alle mit himmlischem Lächeln an; fiel mir als ihrem Lehrer in die

117

Arme, und wollte mir danken, aber sie schluchzte nur. —

Herr Patrik stand indeß mit gefalteten Händen, und erwartete das Brautpaar. Bei der Trauung von Tydal und Clara hörte ich mit Erstaunen ihren wahren Namen. Welch vornehmes Kind! welcher reichen Eltern! Ob aber der Malerkunst wegen in Tydal verliebt, oder Tydal's wegen in die Malerkunst, das ließ mir ihr unwidersprechliches Talent zu lieben und zu malen, nur zu errathen übrig.

Talo war deßwegen zuerst getauft worden, daß Sie — zugleich mit Lisanna und mir, nun bei Clara's Kinde Pathe stehen könne. Frau Russel bemerkte halbleise gegen Sir Samuel: „der Taufstein trennt! Sie dürfen nicht zusammen stehn!" — Er zuckte die Achseln, aber, sich fügend, winkte er Herrn Patrik auf die Seite, und sprach heimlich und lächelnd mit ihm; dazwischen ließ er ihm etwas Goldfunkelndes — gewiß zwei Ringe, in die Hand fallen, und sie klangen leise! — In Gottes Namen, sagte nun dieser ganz laut, trau' ich sie erst. — Wen konnt' er meinen? War Talo ein *Mann*, wie Clarke ein *Weib!* und wollt' er Talo und Lisanna trauen? — das wäre herzbrechend! — Oder war gar *Lisanna* ein Mann? — das wäre entsetzlich! wenn sich gleich Talo darein gefunden und ergeben, daß Clarke *Clara* war! — Ich sahe sie an — nein, sie war ein Weib! in vollem Wuchse, voller Schöne, in der Halle der Jugend, mit einer Hand noch die Jungfrauen, ja die Kinder haltend, mit der andern von den Weibern gefaßt und gezogen, ihre Königin zu werden. — Oder wollt' er mich und die Talo traun? War *Sie* das Glück in Sir Samuel's Hause? Ach, Talo hatte ja vorhin ihm zugelacht und genickt! Mein Gott — und Talo sahe mich jetzt auch lächelnd an! Um Gotteswillen, was wird daraus werden? Muß ich mir denn geradezu Alles gefallen lassen, weil ich — Lambton bin! Doch so schön auch Talo war, ich hätte am Altare, denn das bedeutete nun der Tisch abwechselnd mit Taufstein, am Altare noch Nein! Nein! Nein! um Hülfe gerufen! Herr Toland aber, der

Menschenfreund! faßte meine linke Hand und — Lisanna's rechte — ja die rechte! und führte uns, die wir uns ansahen, anglühten — zögern wollten, nein, nicht wollten, nur vor Entzücken scheuten, und doch führen ließen vor den Tisch des Herrn. Frau Russel, deren Fortschleichen ich gar nicht bemerkt, kam jetzt leise hinter Lisanna getreten, und setzte ihr einen grünen Jungfraunkranz von den schon schlafenden Myrten leicht in das Haar. Sie ahnete ihn mehr als sie ihn fühlen konnte, und erröthete rosig im Antlitz, und rosig über, Nacken und Brust. Herr Patrik nahm das sechste Gebot zu seinem Text, als Casualprediger, und bearbeitete ihn so, wie ich es in meinem Leben nicht gehört. Und doch weiß ich die Worte nicht mehr, ich fühle sie nur, ihre Glut durchrollt mich warm, wie ein Fluß, von der Sonne erwärmt, die schöne Sommernacht noch lieblich dahinfließt, wenn nur der safranfarbige Nachtschein in ihm glänzt. Trauen sehen, und getraut *werden*, ist doch ein Unterschied! Das kleine Zimmer war mir nicht allein eine Kirche, ach, der Himmel! Mutter und Vater erschienen mir im Geiste, und der Großvater stand hinter ihnen mit einem Heft Lieder mit goldenem Schnitt, wie Hochzeitgedichte unter dem Arm — aber er stand da in seinem abgetragenen, braun gewordenen grauen Rocke, seine alte Mütze in der Hand, daß es recht gut war, daß er unsichtbar war! Sogar die alte Anna erblick' ich; sie hielt die blaue Schürze vor die Augen und weinte, und wandte den Kopf seitwärts und horchte auf die Traurede. Auch Marion stand vor mir da, und beurtheilte Lisanna, und Sir Horazio, und seine Theano mit dem Kopf auf seine Schulter sich lehnend — und über Alle sahe der rothe Daniel hinweg, und kümmerte mich wenig. Nun war Ich so weit, wie viele Tausende vor mir. Nun sollt' Ich die Erde füllen, so sprach Gott zu mir und meiner Lisanna, das erste Wort, was er zu Menschen geredet. Meinetwegen hatt' Er von Adam die Ribbe genommen, der gute Vater! Meinetwegen hatte Lisanna's

Mutter Schmerzen ertragen, Nächte durchwacht. Die gute Mutter! Gott segne sie! Wer und wo sie sei! — Aber Lisanna blieb — Lisanna! Ihre Eltern *unbekannt*, und ich mußte sie nehmen, und nahm sie voll Freude, wie eine köstliche Blume voll Pracht des Wuchses, der Bildung und der Farben, nur unbenannt. Sir Samuel weinte laut während der Trauung, und ich hörte ihn sogar seufzen: „O wie glücklich könnt' ich sein!" Nach der Einsegnung schloß er Lisanna in seine Arme, und mich Frau Russel in die ihren! Polizeidirector Roßborn, Capitain York und Steuermann Crabbe unterschrieben sich unter Patrik's Trauschein als Tranzeugen. Ich weiß nicht, was ich geredet, gehört und gesehen habe, und was geschehen, bis Tydal's Kind — das Gott sei ewig Dank, nicht Lambton hieß! getauft wurde. Ich war so von Kräften, daß ich wirklich nicht stehen konnte, und mußte Pathe sitzen, wie es mir Doctor Toland vorausgesagt. Er hatte also auch alles Andre vorausgewußt, und vielleicht, o gewiß, mir bereiten helfen! Der Menschenfreund! Gott segne ihn, und Sir Samuel, und sogar auch die böse Russel! Sie bedarf Gottes Segen am ersten, am meisten. So betet' ich im Herzen. Denn ich war ihr nun Dank schuldig, so schönen Dank, wie Lisanna!

Lisanna schwebte dann leise hinaus, hinab, hinüber in den Garten unter die duftenden Brotfruchtbäume. Es war später Abend, oder frühe Nacht, und von dem Tage im Vaterlande schimmerte nur ein Safranschein, wie der Rand eines goldenen Tellers herauf. Aber ich war ihr nahe gefolgt, auch sah sie sich heut' nach mir um! ja unter den Cocospalmen erwartete sie mich. „Nun muß ich Dir um den Hals fallen!" sprach sie feurig. „Nun muß ich Dich an das Herz drücken!" sprach ich. Das war unsre ganze Rede. Dann setzten wir uns in die Blumen, und hielten uns umarmt: Sie lehnte das Köpfchen an meine Brust; ich sahe hinaus über das murmelnde Meer, daraus silberner Duft aufstieg, und in dem Dufte strahlte das schönste Sternbild, das ewige Kreuz, golden hervor mit seinen ewigen Lampen, und stand wie ein Geist, herauf getaucht, auf den Wassern, bis es unsichtbare Engel schienen in den Himmel zu heben. Ueber uns in den Zweigen ließen junge Vögel im Nest ihre zarte Stimme hören, und Mutter und Vater redeten ihnen zu, und zwitscherten sie in den Schlaf. Sterne fielen von Zeit zu Zeit, und drunten im Flusse sprangen die Fische plätschernd aus der schimmernden Flut; in die laue Nacht. — So saßen wir, wer weiß wie lange! denn der Mond ging nun auf, und beleuchtete uns. Darum schlichen wir nach dem Hause. Ich nahm an der Thür zu Lisanna's kleinem Zimmer gute Nacht mit einem Kuß, und immer wieder; und sie küßte mir gute Nacht, und entließ mich doch nicht, noch nicht! Drinnen aber hatte sich der Mond schon auf ihr Bett gelegt! Und heut' bedeutete mir sein feuriger Schein des Nordlichts Glanz:

Der wallend in das freundliche Gemach,
Wie eine Rosenflut vom Himmel floß,
Und blinkend schien das reinliche Gefäß
Vom Simms der Wand und schattete sich ab;
Und glimmend, und doch nicht verglimmend, schwamm
Im kühlen Feuerglanz der feine Flachs
Geröthet, und die Spindel eingetaucht,
Womit die Liebliche des Abends spann,
Und jedes Eckchen glomm von Licht erfüllt —
— Da hielt sie mich mit langen Küssen fest —
Und ich, der ich nicht gehen mußte — blieb!

Am Morgen erschrak ich natürlich nicht wenig, daß ein schönes, glühendes Mädchen, mit weißen, vollen Armen, in *meinem* Bette lag! Entsetzt darüber, wollt' ich hinausspringen — noch einen Blick forschend über sie hin — das Herz pochte mir laut, und die Sonne, die ihr Licht über sie ausgoß, sagte mir: es sei Lisanna! und mein Gewissen sagte mir: Lisanna sei mein Weib! Und nun bestaunt' ich sie lange, und dankte Gott für sie, und betete laut; im Bett aufsitzend. Davon erwachte sie, schlug ihre Augen auf, errötlete holdselig, setzte sich auf und verbarg sich verschämt an meinem Halse! Nur Eins fühlt' ich, was Patrik in unserer Trauung gesagt: „Muß denn der Mensch Böses thun, um selig zu sein? Anderen rauben, um zu haben? Alle seine Kräfte zerstreuen, oder sammeln, um reich zu werden? Sein Leben an Vieles, oder an Eines setzen, um das Leben zu gewinnen! Nur auf dem Wege zum Himmel wandelt der Mensch in Blumen, und der einfache, reine Weg ist der reichste, der seligste! Wenn er auch nicht so reich, so selig wäre, daß das Herz in voller Gnüge schwelgt" — und fast zerspringt, wie mir! setzt Ich hinzu. Das war wohl kein Jammer!

———

Hobarttown, Pfingsten 1820.

Seit Ostern hätte ich nichts einzutragen gehabt als: Arbeit und Freude! Freude und Arbeit! Arbeit und Freude! Ich hatte meine Schule und mein Weib, meine Arbeit und meine Freude. Ich denke immer: der Ehestand ist der Stand, wo man sich nicht etwa das Leben unangenehm machen, einander verbittern soll! Nein: angenehm und süß! Eines dem Andern! Und so thaten wir einander. Wer nur wenigstens die Seinigen immer so höflich, so liebreich behandelt, wie *Fremde*, die einen Augenblick in das Haus treten — wie freundlich behandelt Der sie schon! Aber hat, was *mein* ist, dem Ich angehöre, mit dem ich immer leben soll, nicht *mehr* verdient? ja Alles, mich selbst, meine größte Sorgfalt, unwandelbare Freundlichkeit und Liebe? Ich weiß nicht — ich denke mir immer, wenn ich aus Gewohnheit, daß Lisanna — der Engel — mein ist, einen Augenblick ihr nicht zulächle: daß sie ein Engel sei, der vorher nie gesehen und fremd, mir vom Himmel in das Haus gesandt ward — und gleich ist es gut! Und so denk' ich auch von den Kindern: sie sind Engel! die nicht erst längst auf der Erde sind, und bald wieder fortwandeln; und rechne mir es zur

Ehre, daß ich sie lehren kann von ihres Vaters Reich! Manchmal denk' ich auch: es sind *meine* Kinder, und nun lehr' ich mich warm und satt, daß ich ganz das Essen vergesse, bis Lisanna geduldig nur leise winkt! Ja ich glaube: daß der Herr 40 Tage gefastet hat, daß man 7 Körbe voll Brot nach der Bergpredigt aufgehoben! Ein voller Geist fühlt keinen leeren Magen. Das müssen die Obern in England auch wissen, da sie die Prediger und Schullehrer so dürftig abspeisen! Aber man hat ja Frau und — — — — Kind! siehe mir nicht in's Buch! das schreibe ich, daß Du es lesen sollst, Lisanna!

———

Schiff Argo, am Johannistage 1820.

Ach, was soll ich sagen? Ach, meine Schule hab' ich nur gegründet! Von meinen Kindern hab' ich mit Thränen Abschied genommen, und sie von mir! Ich schreibe schon im Schiffe auf der Fahrt in das Vaterland, und Lisanna begleit' ich, und Toland begleitet uns. Sie sitzt und weint; aber ich kann mir nicht helfen. Warum ist sie nicht Lisanna! Warum bin ich Lambton, und bleib' es vielleicht, vielleicht auch nicht! Sir Samuel hat nicht wohlgethan!

Aber warum kriecht auch die alte Russel immer in die Rauchkammer? nach Zungen, die Leckerzunge! Warum fällt auch die Thür hinter ihr zu? Warum fällt uns keinem die Rauchkammer ein, wo sie weinen, dursten, husten und niesen sitzt, zwei lange Tage lang. Denn wir suchten sie außer dem Hause und überall, nur nicht, wo sie war, und hörten ihr Gedonnere nicht auf dem Boden noch obendrein in dem Sturme, der so wüthete, daß Hobday sagte: die Russel hat sich gehangen! was Sir Samuel gar nicht bezweifelte. Der deportirte Phylax war ihr Retter, der, immer von ihr gefüttert, nun hungrig, sie gesucht und gefunden, kam und uns *anboll*, zerrte und voran lief. Und als wir sie endlich erlöst, von allem Jammer sterbensmatt, von all' den aus Hunger gegeßnen geräucherten Würsten sterbenskrank, und vor Durst ganz verlechzt, von dem unendlichen Husten ganz aufgedunsen, mit ganz roth-gebeizten Augen, und die Thränen und den Rauch im ganzen Gesicht herumgewischt, — da war sie fast selbst geräuchert, und sah' aus wie eine schwarze so genannte ägyptische Marie. Warum stellte sie Doctor Toland doch wieder her! Er war ja kein Arzt, kein Carrhadis unter van Diemensländern, welche ihn zur Dankbarkeit mit der Lanze erstechen, wenn der Kranke stirbt. Wir Europäer bezahlen den Tod ja mit schwerem Gelde, sonst lernte auch keiner mehr curiren. Und was bezahlt' ich nicht erst für der Russel ihren! Warum gaben die hängenden Schinken ihr nicht ein schweigendes Beispiel? Warum war ihre Zunge wenigstens nicht geräuchert, verzeihe mir Gott die Sünde, daß sie Herrn Patrik beichten konnte; daß dieser Herrn Roßborn verlangte, daß Beide schrieben, Zeugnisse aufnahmen, und selbst Sir Samuel in die Enge trieben mit lauter Menschenliebe! Denn, obgleich Sie nun besser ist, so ist mir doch schlimmer! Sie hat nur den Rauch des Fegefeuers gekostet, mich hat sie wirklich hineingestoßen!

Acht Tage nach ihrer Erlösung, aus der Marterkammer nämlich, besuchte mich Sir Samuel des Abends, und lud mich zu einem Gange in's Freie ein. Wir gingen schweigend und weit hinaus, und lange stumm wie unsere Stöcke. Es war bald lächerlich — nein, sehr bald zum weinen! — Herr Lambton, sprach er endlich, was ich Ihnen zu sagen habe, ist ein Glück für Sie und Lisanna! —

Ich verlange kein größeres, noch Lisanna; unterbrach ich ihn nicht grade, denn er hielt von selbst inne, und wußte nicht recht anzufangen, und kämpfte mit sich selbst. —

Freilich! begann er wieder: wer ein Glück nicht begehrt, den macht es nicht glücklich; es ist ihm fremd! Jeder kann nur in der Lage glücklich sein, die ihm natürlich ist. Denn jeder Mensch, ja jegliches Wesen hat sein eigenes Glück, das in dem allgemeinen beruht, was der Welt überhaupt, und seinem Geschlechte in's Besondere zugetheilt ist. Nur durch Vertauschung unserer angeborenen Zustände werden wir unglücklich! — Der Esel im Pallaste, der Lachs im Punsche befänden sich beide schlecht. Dem Biber ist in seinem Häuschen wohl, der Spinne in ihrem Netz. Aber wer die meisten, die Edelsten Bedürfnisse hat, die er befriedigen kann, ist der Glücklichste, und diese hat vorzugsweise der *Mensch*. Ein sicherer, bequemerer Platz auf Euere Art in's Größere zu wirken, reicher bewußt zu leben, kann Euch nicht schaden, und ich bin gezwungen, Euch in denselben zu verpflanzen! —

Zu was ist das die Vorrede? Sir Samuel! fragte ich traurig.

Zu großem Vermögen, und hohem Stand; sagt' er, nicht ungerührt. Wer immer reich war, an dessen Glück verzweifl' ich; wer arm, glücklich war, *kann* auch reich glücklich bleiben! und das hoff' ich von Euch, und wünsch' ich.

Aber was haben Sie mit uns vor, Sir Samuel! fragt' ich ganz erschrocken. So viel haben ist genug, als man selbst bewalten kann! Alles dieß schon, jedes Einzelne, sei es nun ein Kind, ein Lamm, ein Pflug, macht uns Sorge, es zu erhalten, und beunruhigt uns schon genug, wenn es nicht in dem Stande und Gange ist, wie wir es brauchen und wünschen. Diese Sorge aber wohnt dem menschlichen Leben unabänderlich und nothwendig bei, und Jeder muß sie ertragen. Haben wir aber nun *mehr*, als *wir selbst* bewalten können, selbst bedürfen, dann wird unsre Sorge so groß, so vielfach, als sie der Mensch eigentlich nicht haben soll, *wenn* wir uns *so* darum kümmern, wie es Dinge, die wir besitzen, doch immer erheischen! Kümmern wir uns aber nicht um dieselben, sind sie unsern Gedanken nicht täglich da, bilden sie nicht den Kreis, in welchem wir uns bewegen: so *besitzen* wir sie wiederum nicht, und sind so arm, wie die Uebrigen — und die Hoffnung des täglichen Brotes, der Erlösung von dem Uebel, hat jeder täglich, der das Vaterunser betet. — Verschonen sie uns also, verschonen Sie uns, Sir Samuel!

Sie sprechen fast wörtlich aus Patrik's Predigten, bester Lambton! Aber hören Sie! und wenn Sie Lisanna lieben, werden Sie um Ihres Glückes willen Ihr eigenes Glück mit in den Kauf nehmen.

Selbst um mein Unglück! sprach ich hastig. Es wird wohl so sein! —

Hören Sie ruhig zuerst mein Unglück! und wer ein größeres kennt, als ein treuloses Weib, dem will ich nachstehen; sprach Sir Samuel. Doch nach und nach gewöhnt sich der bessere Mensch, nur das für Glück oder Unglück anzusehen, was Er Gutes oder Böses thut, nicht was ihm gethan wird. Ich habe 15 Jahre nicht geweint, bis zu Ihrer Trauung; denn Lisanna konnte *mein* sein, meine Tochter sein von meinem Weihe. Aber als ich erst unglücklich ward, war ich das Unglück nicht eben gewohnt; das ist das Unglück des Unglücks; und leider wird man erst besser durch schlechter sein, als gut ist. Das mag mich im Voraus entschuldigen! Jetzt bin ich im Klaren, und wenn ich Allem nachdenke: so fehlt' ich zuerst gegen die alte Regel, und glaubte nicht, daß eine Tochter so wird, wie die Mutter gewesen ist. Das Schicksal begünstigte *mich* wenigstens mit keiner Ausnahme. Mir hatten Canova's glatte Weiber und die Venus von Medicis den Kopf verwirrt — mich reizte nur die schöne *Form*, ohne mit Augen zu sehen, daß man sie auch dem Marmor aufdrücken kann. Die schönsten Blumen riechen nicht, die schönsten Vögel singen abscheulich; Ihr Schmuck ist ihr Werth, und die Schönheit ist gewiß das Anlockendste für den Liebenden. Aber das Weib muß mild sein, schweigsam gleich der Natur, sich immer gleich, wohlthätig, uneigennützig, ja großmüthig; sie muß den ewigen Sinn der Natur, so weit ihn eine menschliche Seele fassen kann, aus sich kund geben, das heißt: *lieben!* — Daß davon Gelehrsamkeit, — nicht weiser

126

Sinn; Schautragen von Schönheit und Reizen, — nicht Schönheit und Reize; Werthlegen auf weltliche Güter, — nicht ihr Besitz selbst, *ganz* ausgeschlossen sei, ist eine Bedingung, die unerläßlich ist, wenn der Mann nicht bloß Menschliches, Weibisches, Gemeines in ihr erkennen, und — Sie fliehen soll! nicht sehen soll, daß sie Viele, oder nur Zwei liebe, also Ihn nicht, und überhaupt nicht liebe. Denn die Liebe ist das Erfülltsein von Einem, die Liebe liebt Eines, das Einzige, Schönste für sie. Deßwegen sind Schönheit, Rang und Gold auch wiederum nicht im Stande, so die Jungfrau zu gewinnen, als die süße Sprache des Herzens, voll Gefühl, Tapferkeit, kurz alles dessen, was überhaupt den Mann sie ahnen läßt. Feigheit — nicht Versöhnlichkeit, Verschwendung — nicht Armuth, kaltes oder gar schlechtes Herz — nicht ein begrabenes, und vollends Lächerlichkeit, die Travestie der Menschenwürde, zersetzen gewiß, und oft plötzlich, die Liebe auch in den vorher befangensten Jungfrauen. Wir sahen daher so viele, schöne, reiche und vornehme Männer, die nie geliebt waren, weil ihnen Eines fehlte: das Gemüth! der Sinn zur Natur, zu welcher das Weib auch dann, und dann erst eben recht und weiblich hinstrebt, wenn sie dem Manne sich ergiebt. — Mein Vergehen, das mich hieher geführt, auf meinen und meines Weibes Fehler gegründet, liegt in diesen Worten eingehüllt. Es half mir nichts, daß ich mein schönes Weib liebte, unaussprechlich liebte! Sie wissen, Lambton, um mich Ihnen verständlich zu machen: wenn Zwei Substantiva zusammenkommen, so steht das Eine im Genitiv, oder: die Liebe hat auch das mit dem Magnet gemein, daß sie positiv und negativ *zugleich* in den Liebenden ist, wenn auch die Pole wechseln. *Ganz gleich* lieben sich nie zwei Liebende, oder Eheleute, und wenn sich auch beide noch so sehr lieben! Ich liebte *mehr* — und stand also im Genitiv! Daß wir kein Kind, zu unserem Erbe hatten, war ein Antrieb für ihre ausgelernte, weltlichgesinnte Frau Mutter, dem Verführer eine Brücke zu ihr zu bauen, und für Sie selbst — sie zu halten. So thöricht macht ein großes Besitzthum die Menschen: sich Erben für dasselbe zu ersündigen, oder einzuschwärzen — die doch dann *Ihre* Erben nicht sind! Und wenn auch alles Andere ungewiß ist, was die Weiber sind, so sind sie doch kinderliebend gewiß; und was man liebt — begehrt man. Indeß wäre meine Theano so schnell nicht gefallen!

„*Theano!*" rief ich, und schlug vor Erstaunen die Hände zusammen. Doch erzählte er eisern fort: Aber Sir Horazio, mein Freund auf Reisen, lud uns nach Schloß Rowlandhill.

„Rowlandhill! — Horazio!" rief ich nun wieder. Nun war es richtig! Da sanken mir die Arme wie gelähmt. Mir war, wie gewissen Abergläubigen, denen ihre Götter und ihre Göttin in den Koth gefallen — und Ich sollte sie aufheben, rein waschen und allen wieder als ungefallene Götter aufstellen! Doch er erzählte eisern fort: Ich jagte sein Wild im Walde, Er indeß das meine im Hause. Er feierte Feste und Bälle . . . . und die Lust ruft die Lüste, die Lüste die Laster. Alle sanften Vergnügen und Empfindungen erweitern das Herz, alle rauschenden verengen, bedingen es. Der Mensch steht dann dem bloß sinnlichen Geschöpf, dem Thier, näher als der Gottheit; und ein leises Uebergewicht, so sinkt er zu ihm hinab. Die rauschenden Feste und Lüste sind furchtbarer, als man glaubt, oder aus Drang dazu sich gesteht; sie lösen das Herz auf; über alle süße und gewohnte Bande fühlt sich der Mensch emporgetragen, sein Sinn taumelt und raset über die schon bedingenden Schranken; er fühlt sich frei! Scham und Sitte stehen im Hintergrunde, die Frechheit naht sich wohlbekannt, und gern verkannt; das Ohr hört günstig den Verführer, der Mund lächelt wenigstens selbstzufrieden über die gepriesenen Vorzüge, wenn er auch nichts erwiedert — und das geduldete Böse wird das verschuldete. Alle Sünden des *Herzens* werden durch auflösende Lust begründet, alle Verbrechen der *sanften*

Leidenschaften begangen. Nur die ungeheuern Verbrechen des Verstandes kommen nicht aus der Lust, als Verrath und Meuchelmord. Sie werden in der Stille, im giftigen Winkel neben der Kreuzspinne ausgebrütet und angeknüpft, aus vergällter — Lust, und vergifteter — Liebe. Und so war auch das meine! Ich will mir nicht wieder das Herz zerreißen durch Nachgefühl des Jammers bei meinen Entdeckungen. Vielleicht war ich zu rasch, zu rachsüchtig, zu gewaltthätig, zu guter Kenner böser Weiber und Männer, und trieb mein Weib durch meinen Verdacht, durch meine Veranlassung erst zu dem Verführer, dann in das Verbrechen, erst als sie sich aufgegeben sahe von mir. So schmeichelt es mir noch heute zu muthmaßen — doch es wäre zum Verzweifeln, wenn ich Unrecht gehabt, wenn Theano unschuldig, nur Freundin *meines* Freundes — wenn Horazio ein ehrlicher Freund gewesen und also Lisanna doch *meine* Tochter wäre! Denn auch — bei Weibern ist nichts unmöglich. Aber — an den Weibern muß man den *Verdacht* strafen, den sie erregen; so thut schon die Welt — und ich wollte nicht klüger sein, als sie. Weibliche Sünden sind unsichtbar, und Geister fängt man nicht. Darum verlangt das kein Richter. Ich konnte Horazio nach unserm Gesetz am Beutel strafen; aber was half es mir, ihm zu nehmen, was er genug hatte, Geld! Weibertreue ist unschätzbar, und Untreue hat keinen Preis, wie eine zerbrochene Perle. Eine untreugewordene Frau ist schon *zuvor* nichts für uns werth gewesen — als unser zerflossene Wahn. Und welche Schande für ein Weib sich mit Geld ersetzen zu lassen. Die frechste Strafe ist immer und überall die Geldstrafe: der Reiche lacht dazu, — was er eben wohl nur soll, muß man wirklich glauben; den Armen beraubt sie. *Geld* paßt nur als Ersatz für das, was Geld Alles vorstellen kann, selbst Arbeit und Zeit. Für alle Seelenleiden, alle Ehrenkränkungen, für verlorene Freiheit, verlorenes Weib und Kind, kurz für alles, was der *Seele* des Menschen verdient *theuer* zu sein, als ein unschätzbar Gut, dafür mit

Geld zu bezahlen, es bis auf den *Bajoch* auszurechnen, und
das empörendste der Werke herauszugeben, dazu gehört das
ausgebrannte Gemüth eines armen Italieners — wie heißt
doch schon der Mann? Und doch verkaufte auch Ich mein
Weib, nach unserm Gesetz, dem Horazio, aber Ihr, der
Verliebten, zum Schimpf nur für Ein Pfund — *Sterlinge. Ihn*
konnte ich nicht strafen, als dadurch, ihm wieder an's *Herz*
zu greifen, wie er mir gethan, — und an Einer Stelle ist Jeder
verwundbar, von Achill bis auf den gehörnten Siegfried. Die
Gelegenheit fand sich erst nach 5 Jahren. Denn dem Horazio
ward seine junge süße Tochter Elisa auf dem
Christkindmarkt in London geraubt, während er einen
Freund begrüßte, und sie von der Hand gelassen. Unrecht
Gut gedeiht nicht! Die bestrafte Theano versprach die
lockende, für ein Kind wie Elisa noch immer erbärmliche
Belohnung von 10,000 Pfund, nebst Interessen — jetzt
15,000 Pfund — au porteur! Aber wer sie geraubt, brachte
sie nicht aus Furcht der Strafe; das Mädchen mußte von
Andern erkannt und verrathen werden — nur von *Mir*
nicht! Denn in einem begonnenen Gemälde meines
Freundes, des berühmten Malers L . w . . . ce, erkannte ich
Elisa in dem Mädchen Maria, welches die Stufen zum Tempel
hinaufging, um dem Hohenpriester vorgestellt zu werden,
der sie oben mit ausgebreiteten Armen erwartete. In der
Ecke, welche die Treppe mit der Mauer bildet, saß ein altes
Weib und verkaufte Maria's Mutter junge Tauben zum
Opfer. Das ganze Bild erinnerte fast zu sehr an Tizians
„Präsentation der Maria" in der Carità zu Venedig. Ich ließ
das Werk vollenden, nur bat und bewog ich meinen Freund,
dem angelegten Hohenpriester meinen Kopf zu geben, und
Maria's Mutter das Gesicht der Theano, deren schönes
wohlgetroffenes Portrait ich von seiner eigenen Hand, noch
in meinem Schlosse gemalt, besaß. Ich wollte das Bild Lady
Theano in die Hände bringen, abwechselnd aus Mitleid und
Wiedervergeltung. Ich sahe hinter einem Vorhange

verborgen die Scene, fast meine Eifersucht verwünschend, und das Weib in der unbeschreiblichen Mutter vergessend, als Theano Elisa erkannte. Sie rief nach ihr, wollte in ihrer Betäubung sogar den Fuß auf die gemalte Treppe setzen, ihr Kind herabzuziehen, und glühte und starrte in der Unmöglichkeit, es in dem Bilde, wie in dem Spiegel eines See's zu erreichen, indeß das Kind, ihre jammervolle Klage überhörend, den nach ihm ausgestreckten Armen schweigend entgegen ging! — Ich hatte längst Bekanntschaft mit der Russel gemacht, welche die Taubenhändlerin im Gemälde, und die Modell-Zuführerin des Malers war, die er ihr ohne Weiteres nannte. So ward denn dieser der Raub des Kindes zugeschrieben. Nicht mir — dem Erkäufer der Russel. Ich brachte Elisa in Sicherheit. Meine Russel leugnete kalt und störrisch, obgleich die Mutter sich ihr im Gericht zu Füßen warf, und sie um des letzten Gerichtes willen beschwur. Sie leugnete — nicht mehr: sie sprach gar nicht mehr, auch überwiesen, und ward zur Deportation verurtheilt. Theano ward ohnmächtig hinweggetragen. Ich saß unter den Zuschauern. Ein hartes Wort machte mich zum Ableiter ihres innern Grimms und verdächtig; aber nur verdächtig. Doch kam nun meine bisher verschwiegene — Scene zur Sprache; und als ich dafür zum *Deportirten* ernannt (eine Stelle, die ich mit Freuden annahm, um meinen Raub zu vollenden) — in van Diemensland eingetroffen, mit der, einem auswandernden Freunde anvertrauten Elisa — Ihrer Lisanna, bester Lambton, vergalt ich der Russel, wie ich konnte, und wie sie fähig war. So hatte denn Ich etwas gethan, was kein Gesetz im Stande ist, nämlich eine unsittliche Handlung bestraft durch eine unsittliche Handlung, und zugleich den Beweis für die Welt, wenigstens meiner Seele gegeben, daß man Unrecht nur durch Unrecht strafen, durch Strafwürdiges Strafwürdiges ausgleichen kann, was nur der Gottheit zukäme, wenn sie nicht die Gottheit wäre. Seit der Zeit ist mir Strafe als Strafe ein Unding, ein Verbrechen. Der Mensch, der strafen will, unterfängt sich Unmögliches, oder Teuflisches. Sieben Mal siebenzig Mal soll Jeder dem Andern täglich Alles, Alles vergeben! Vergebet also auch, Lambton, der Russel und mir!

Ich mußte mich vor Wehmuth wegwenden. Doch hatte ich die Hand schon gleichsam vorräthig in der Tasche — zur Vergebung.

„Und er sprach: Ich will Euch noch mehr Stoff zur Vergebung sagen: Manchmal wollt' ich das Kind verderben, verwahrlosen! an Geist und Körper zerrüttet seinen Eltern wiederschicken, mit dem ärgsten Verbrecher durch Verbrechen verbunden — wenn der Engel nur das leiseste Versehen hätte begehen können! Wenn ich es nur über ihre Schönheit, ja über die treuen jungen Züge ihrer einst geliebten Mutter vermocht! Denn ich hatte doch *einen* Ersatz: ich hatte mein Weib wieder — als Kind! als zartes Mädchen — als rosige Jungfrau! Wie ich Jene nie gesehen, wie selten ein Mann seine Frau schon gesehen hat: in ihren Spielen, in ihrer Unschuld, ihrer Entwickelung zur reizendsten Jungfrau — so sah ich Sie! Und, Lambton, ich gönne Euch dasselbe Glück: einst Elisen so zu sehen in ihrer — Eurer Tochter. Es ist gar so süß! Und so muß sich der Mensch das Leben zusammenstellen, wenn er Alles haben will, was es nicht zu enthalten scheint, und doch so wunderbar, so lieblich enthält! Auch ohne daß sich die Russel an Patrik verrathen und dieser sie und mich an Roßborn, der nun auf Wiedersendung des Kindes an seine Eltern dringt, hätte ich Euch eines Tages gewiß zu ihnen geführt; denn meine Zeit hier ist zwar aus, aber nicht mein Ehrgefühl, und die Scham vor den — eingebildeten — Guten und Glücklichen. Wie mein Auge den Thränen, ist meine blasse Wange dem Blute verschlossen, um vor jedem Menschen immer wieder zu erröthen; und man möchte mich für verstockt, für aus- — geschämt halten. Das hält die meisten Entlassenen hier, wie die Gewohnheit den Genesenen im Bett. Hier: bin ich ein Fürst, der Schlangenkönig! der ohne Gift ist, wie der Weisel ohne Stachel. Indeß wird Doctor Toland mit Euch gehen. Elisa's Anerkennung kann nicht fehlen; es ist Alles dazu eingeleitet. Nur an Elisa — Eure Lisanna — verrathet nicht, wer, wie reich und vornehm ihre Eltern sind! es soll sie überraschen. Doch, daß sie mich leichter vergißt, und selbst die alte Russel, die sie, wie das Kind die häßliche Ziegen-Amme, die es gesäugt, unglaublich liebt; daß sie mit Hoffnung nach England zieht sagt ihr, Ihr führet sie zu ihren wiedergefundenen Eltern. Das erlaub' ich Euch; denn, wie sie fromm gesinnt ist, nähme sie Tagelöhner mit Freuden dafür an. In England aber sagt nicht, am wenigsten ihren Eltern, daß Ihr Elisa's *Gatte* seid, so lieb Euch Elisa ist! Auch *Sie* soll nicht offenbaren: *daß sie Euere Gattin ist*, so lieb ihr Lambton ist, bis *Toland* es Euch Beiden gestattet. Nur das sind meine Bedingungen, die Ihr mir mit Handschlag gelobt! Das Schiff geht Montag; die Argo, worauf Ihr Euch das goldene Vließ in die Heimath führt. Gut' Nacht!" —

Er ließ mich stehen. Er schied; und was schied alles mit ihm von mir! Was war alles über mich gekommen! Was war alles schon um mich und für mich vorhanden gewesen! Welche Riesenhand vorräthig — *wie meine Hand in der Tasche* — zur Vergebung. Was wollte *mir* die große Geisterhand aus *ihrer* Tasche — *der Welt* — reichen? *Doch nicht bloß die Hand!* Wie Ich sogar nicht! — Mein erster Blick war zum Himmel; er war mir auf einmal fremd, so fremd geworden! Die Sterne zogen hoch und glänzten hell. — Ich ging ihnen nichts mehr an, wie ein Sterbender! Die dämmernden Berge, die säuselnden Cocos, die geschlossenen Blumen — sie waren mir gleichsam vom Herzen gefallen! Sie gehörten nun Andern, mir nicht mehr! — die Hügel, die Bäume, der Fluß und die Felsen *hatten mir die kurze Scene gebildet*, aus der ich — hinausging. Und Lisanna! — Mir war so Angst, als sollt' ich vom Felsen in's Meer springen, wie die verlassene wahnsinnige Herzogin! Mir fiel aller Muth. Denn Sir *Samuel* schien mir immer noch etwas, wie Rache, im Schilde zu führen, ja gerade dadurch, daß er an Sir *Horazio* und Lady *Theano* die Tochter zurückgab — jetzt erst, und *verheirathet!* und *mit wem?* wenn auch mit keinem Verbrecher, aber doch mit einem Schulmeister; welcher sonst höchstens eine ruinirte, und ihn vollends ruinirende Kammer-Jungfer, so zu sagen, zur Frau erhält, so zu sagen! Ach, ach! ja in der Eltern Sinn und Glauben nicht einmal verheirathet — wie Lisannen und mir bei dem äußersten Verluste zu sagen verboten war! — und doch, ach, ach, war sie gewiß dort Mutter von einem, ach, ach, Kinde! — Und sollt' Ich der Giftbaum sein, welchen Sir Samuel in den Park des Horazio pflanzte? Das Gespenst des Schlosses Rowlandhill? der Nagel zum Sarge für Lady Theano? und der Schminktopf der zu Miß Elisa erhobenen Lisanna? Und wie paßte zu allen ihren hohen Namen — zu dem classischen: *Horazio!* zu dem Homerischen Namen der: *göttlichen Theano!* — wie zu dem Virgilisch-Carthagischen Königinnamen: *Elisa!* wie paßte da mein geringer Name: *Esau Lambton!* der mich an den Verlust meiner Erstgeburt jetzt erinnerte, und mich sauer, wie Linsen anroch. Ich sahe Elisa im Geiste sich schon vor mir auf dem Absatz umkehren, wenn *sie sich* kannte, wie Mistriß Distreß, da sie *mich* kannte, und höchstens sprach sie nur auch: Schade! Schade! ja sie ward mir die wahre Mistriß Distreß, meine „Frau Unglück." — Kurz, mein Entschluß war gefaßt, mich von ihr zu scheiden, bei Ehren zu bleiben — und selber nach Bedlam zu gehen, ehe man mich dahin brachte.

So stand ich vor meiner Schule; ich hörte Lisannen draußen im Hause frisch gebackenes liebes Brot mit anklopfendem Finger prüfen, ob es wohl gerathen sei — o wie dauerte sie mich bei solchen Geschäften armer Leute, mit ihren weißen Armen im Backfaß zu kneten, mit den vornehmen Händchen zu wirken! statt Spitzen und Hauben! Und wie man sonst mit dem Finger nur an die Stubenthür anklopft, klopft' ich schon an der Hausthür an. Sie glaubte, ich wollte sie necken, und ihr antworten auf das Brotanklopfen, und sie klopfte wieder, die arme Seele! und trug es hinein. Dann blieb ich an der Stubenthür stehen, wie man bei vornehmen Leuten steht. Lisanna war mir auf einmal eine Respectsperson geworden, und ich blinder Thor, ich sahe nun wirklich erst, daß sie die, — nur junge, kummerlose, schöne Lady Theano war! Sie stand so hoch, so blendend über mir, daß ich nicht wagte, sie anzuschauen, mich demüthig vor ihr verbeugte, und wehmüthig die Hand küßte, aber die Augen nicht zumachte, damit die Thränen ihr ja nicht darauf fielen. Ach, sie glaubte, ich scherze, verneigte sich, küßte Mir die Hand und sprach: „Ihre Dienerin, mein Herr Schulmeister!" — Das waren lauter Dolchstiche! Nun ging es zum Abendbrot, das heißt: Brot des Abends. Gott, wie schonte sie für sich die Butter, wie bestrich sie mir es fett; wie geduldig, wie munter aß sie, mit welchem geringen Messer; wie bald war — die Tafel — und das Brot aufgehoben! Nur die *Bananas* in ihrer Hand freute mich, die ganze! in England bekäme sie nur ein Schnittchen! Vor ihrer Zärtlichkeit, ihren Küssen blieb kein Mittel, als mich vom heutigen Abend an, auf das liebe neugebackene Brot, Gott verzeihe mir die Sünde! das mir von ihrer Hand sonst immer so wohl, so süß, aber wirklich heut' etwas bitter geschmeckt — *mich krank zu stellen!* Wenn ich nur vorher nicht immer so ein rüstiger Mann Gottes gewesen! Sie wollte die Nacht noch im Regen zu Doctor Toland. Ich heuchelte nach einander nun Chiragra und Podagra, Gesichtsschmerz und Schmerzen an allen Gliedmaßen, daß sie nur von fern um mich schleichen, mich nicht anrühren durfte! Ich that ihr so leid, so leid! und sie mir, wenn sie nahe vor mir kniete, zu mir herauf sah, oder die Haare auf meiner Schulter doch in ihre Hand nahm, und sie streichelte und küßte statt meiner! Das war wohl ein Jammer! —

Doctor Toland hatte sie unterrichtet, sie gehe zu ihren Eltern; sie hatte beschworen, nicht vor der Zeit zu verrathen, ich sei ihr Lambton. Aber sie wollte nicht reisen, weil Ich krank war — und: Ignoti est nulla cupido, auch wenn *Cupido* selbst, oder Vater und Mutter die Unbekannten sind. So mußt' ich denn *an mir selbst ein Wunder thun*, was noch kein Wunderthäter gethan noch vermocht, und mich gesund machen, was spottleicht war — um Ihr das ihr zuständige Glück zu verschaffen. Es that mir wieder wohl, ihr nahe zu ruhen, und mich mit dem Hirten Anchises zu vergleichen, der das himmlische Kind Aphrodite in seine sonnenbraunen tüchtigen Arme — wie meine — geschlossen. Nun erst fühlt' ich die sammet-weiche Haut an Schulter und Nacken Elisa's, ganz heimlich und leise, wenn sie schlief! Nun erst sah ich das erhabene Gesicht, auf dem der Adel ihrer Familie lag; sahe die zartgebildete Hand, vornehm und fein, und feiner bis auf die Nägel an ihren Fingern, und das rosige Roth, wie der rosenfingrigen Aurora, wenn sie eben draußen am Himmel die Nachtgewölke zu Taggewölken färbte und die Spitzen der Berge berührte! Dann blickt' ich wehmüthig zum goldenen großen Morgenstern, und war doch selig und selbst zufrieden darüber, *was* ich, und *daß* ich es *besessen!* um dieß niedrige Wort zu gebrauchen. Ach, dacht' ich, es ist doch ganz ein anderes Ding um ein vornehmes Kind! Doch, wenn ich nun gar an mein Anchisesloos dachte, dann kann sich kein Grieche so vor dem großen Aeneas, dem Hasenfuß, gefürchtet haben, als ich *vor einem kleinen!* Der brachte mich um! —

Toland, der Menschenfreund, glich aus, was auszugleichen war, und tröstete *Lisanna* und mich. Sein Wort: „*Elisa* wird keines Trostes mehr bedürfen!" war mein Trost und Gram. Denn, daß ich doch etwas Uebles von ihr sage, muß ich gestehen, daß sie sich nicht wenig darauf einbildete, des Lancaster-Schulmeisters — Lambton — Ehefrau — zu sein! Darin lag gar viel Samen des Unglücks für mich, und Alles kam darauf an, wie sie in ihrem Herzen den Ton auf die Worte legte, ob auf *Schulmeister?* oder *Lambton!* ja, ach, ach, *Ehefrau!* Denn von *Lancaster* wußte sie so viel, wie die großen Herrn von mir! Ich hoffte wirklich manchmal noch, daß Sie mein bleiben werde, oder doch *wollen* werde, wenn auch die Eltern nicht — und dann lächelte ich sie an, wie mein! nicht bloß wie eine Fremde, nach meiner Ehestandsregel. Sie erinnerte sich meiner doch — und sagt Owen, dacht' ich!

In den letzten Tagen vor unserer Abreise aus dem nie wiederzusehenden schönen unvergeßlichen Lande — meinem Paradiese — lief ich auf jeden Hügel, schaute in jeden Quell; ging die Wege, die ich sonst gegangen, und rührte doch noch einmal die Bäume an, in deren Schatten ich gesessen, ja selbst von meinen Rindern, meinem Bocke nahm ich Abschied. Das Leben scheint uns eine Vorbereitung, ein geschäftiger Sonnabend. Mit dem Gefühle, als werde man Alles immer wieder thun und schauen, als sei aller Reichthum der unwandelbaren Natur Uns unwandelbar und immer gegenwärtig bei der Hand — schaut und thut und liest man dieß und das, als einen Versuch, im Scherz — und kaum ist es gethan, so ist es unwiderruflich und ein rechter Ernst: *es war die Sache selbst!* — So war es auch hier mit meinem Aufenthalt, — so war er, so blieb er! Wenn nur auch mit meiner Ehe! — wehe! — Mit allem Nothwendigen versah uns Sir Samuel reichlich, und die Russel schickte noch ein Fäßchen, ein Päcktchen, ein Fläschchen, eine Kiste, ein Täschchen, einen Topf, einen Korb nach dem andern für uns in's Schiff mit süßen Pataten, herrlicher Schafbutter, Blumenkohl, Broccoli, Schinken, geräucherten Fettgänsen, frischen Austern, Eiern, frühen Kirschen, grünen Mandeln, Ananas, Bananas, Cananas — das ganze Alphabet von Früchten durch, bis auf die Yamswurzeln und den Apricosen-Zider, den sie mit dem Z. auf den Zettel geschrieben, so gut wie das Co in „Cocosmilch" mit Cow, als wenn sie von der Kuh käme; aber ganz frisch war sie! Wie schwer schied die Russel von Lisanna! und Lisanna dankte ihr noch tausend Mal für alle Liebe, alles Gute, und küßte ihr die kinderräuberischen Hände! Ich wußte das freilich besser, aber ließ ihr auch die süße Wehmuth zu scheiden ungetrübt. Wie glücklich macht die Unwissenheit, die so gut wie Dummheit ist, und die Dummheit so gut wie Unwissenheit; darum dringen die großen — Gelehrten so darauf. Wissen macht ein schweres Herz; der Glaube macht selig! aber *was* steht dahinter! Ach, ach!

Sir Samuel, Tydal, Roßborn und Patrik begleiteten uns in das Schiff; Mistriß Clara führte die weinende, nur zur Erde sehende Lisanna. Der Maler Clarke, ihn noch einmal so zu nennen, gab mit zum Andenken für mich und Lisanna eine kleine Mappe mit Ansichten von Hobarttown und Sir Samuel's Besitzungen, dem Park und den Weideplätzen. Der Schalk, der bucklige kleine *Hobday*, brachte mir selber die getrocknete Haut von dem armen Ziegenbocke mit nunmehr ihren, nicht seinen großen herrlichen Hörnern „weil er *ausgemeckert, ausgestoßen* hat" wie er sagte. Die gute *Ofa* brachte mir heimlich auch meinen *Rinderhirtenstab*, den ich küßte! Und was, was that mein Lambton da, aus Ueberstürzung von seinem genossenen und verlorenen Glück — — er küßte Ofa dazu! Die einzige, erste und letzte Ueberraschung, die *meinem Lambton* je geschehen! — Aber er weinte dazu — und unter reinen andächtigen Thränen geschieht nichts Arges. — Und war er nicht ganz voll Thränen? Hatte nicht Homer, wie von der heißen und kalten Quelle, von seinen Augen gesagt „er weinte mit einem Auge süße Thränen mit dem anderen bittere." Ja bittere! Denn wem sein Vaterland zum Unglücksort werden soll durch dumme — verzeihe mir Gott — Menschen, wem sein Vaterland schlechter, verwünschter sein soll als ein, wenigstens freies Verbrecherland, der möchte wohl aus einem Auge sogar Göttergalle weinen, aus dem andern vom zerrissenen Herzen heraufstürzendes Herzblut.

Doch, was red' ich von mir! Ich verging fast ganz und gar in meine blasse ernste *Lisanne*, die sich in eine fremde Gestalt, in *Elisa* verwandeln sollte, und leis verwandelte, aber ihres Lebens Kern und Gehalt in die neue Gestalt mit hinüber nahm, ihre Liebe! Ihre Liebe zu mir. Wie ihr aber dabei zu Muthe war, das träumt nur eine Chrysalide, sogar meine Liebe nicht aus. Die herzige Talo war untröstlich von ihrer Gebieterin zu scheiden. Sie mußte zurückgeführt werden. Doch litt sie es nur bis hinter die ersten Gebüsche — um doch nachzusehen!

Am Ufer umgaben uns Matrosen aus Capitain Yorks Themis, die noch ausgebessert ward. Manche von ihnen hatten sehr anziehende, aber nur nothdürftig angezogene malayische Weiber mitgebracht, ihre schwarzen Haarflechten mit rothem Ocker gepudert. Herr Patrik schalt die Matrosen: Weiberräuber! *„Wollt Ihr Europäer nur Europäer für Menschen ansehen*, denen Ihr Rechte schuldig seid, aber in allen andern vier Welttheilen macht alle Welt was sie will? Man kann auch Leuten Unrecht thun, die kein Gesetz haben, die uns nicht vor dem unseren belangen können. Aber das ist eben das himmelschreiende Unrecht! Ist nicht Ulimaroa und alle Welt so gut doch wie Neuseeland, wo für jeden Raub, jede schlechte Behandlung im *voraus Caution* gestellt werden muß? Doch man glaubt das nicht im Hause, wie es in der Welt zugeht!" Die Weiber starrten ihn an, die Matrosen schlichen sich fort. Das schlägt in mein Fach, sagte Roßborn, ich werde mit dem Gouverneur sprechen. — Wir waren indeß eingestiegen, der Anker war aufgezogen unter dem taktmäßigen Geheul der Matrosen. Da kniete im Sande des Ufers noch ein alter Mann, der seine Zeit der Verbannung ausgestanden. „Ich habe nichts verdienen können, ich war fast immer krank!" rief er zum Capitain; „ich kann England nicht bezahlen, und mein Weib, und meine Kinder möcht' ich doch nur noch einmal sehen in dieser Welt." — Ich fühlte nach den 100 Pfund der Marion, auch die Interessen, die ich mir erübrigt hatte, waren dabei. Aber es rief in mir: nicht Unrecht thun und könnt' ich der ganzen Welt die Heimkehr erkaufen! So straft' ich mein blutendes Herz. Lisanna zählte ihr armes Beutelchen durch.

Immer kniete der Mann das Schiff noch an, wie der erste Mexikaner das erste Roß. Sir Samuel nahte ihm sanft und schob ein kleines Blatt in seine Hand. Endlich sah der Alte es in seiner Verzweiflung an, erkannte die Banknote, sprang auf, um nach dem Schiffe zu stürzen, aber that mit einsinkenden Knieen immer kürzere Schritte, bis er lang hinfiel, und doch nicht aufstand, und still war. Und so blieb er, als man ihn umwandte; denn die Freude hatte ihn getödtet. Er hielt die Banknote noch immer in seiner Hand. Patrik segnete ihn ein, daß wir Alle weinten von seinen Worten, dann nahm er sanft und selber weinend das Blättchen von ihm, gab es Sir Samuel zurück und sprach: „Der Himmel wird Euch danken; denn *dahin* habet Ihr ihm die Ueberfahrt bezahlt! Er ist im Vaterlande! Grämet Euch nicht, daß Ihr so gewirkt. Wir Menschen wissen nicht, was wir ernten, nur was wir säen; nicht *was* wir thun, nur *wie* wir thun." — Sir Samuel nahm die Banknote, legte noch eine dazu, und übergab sie Herrn Roßborn, der sie dem Capitain übergab für *Weib und Kinder* des armen Seligen, der auf dem Rücken liegend, so unbeschreiblich in den blauen Himmel hinauf lächelte, als lachten ihn sein Weib und alle seine Kinder an, ja selbst der göttliche Vater, wie die stille Sonne.

Durch seinen Anblick schieden wir Alle ernster und gefaßter, und nur still weinend; und indeß unsere Blicke an den hohen Platanen und Cocospalmen um Sir Samuel's Wohnung hingen, wandte sich das Schiff aus dem Derwent um das Vorgebirge nach Morgen, und Hobarttown verschwand allmälig immer weiter in die Bai geschoben, wie Kinder langsam ihre bunte Stadt zusammenrollen. Dann zerschmolz gleichsam die nächste Küste im Meere, der niedrige Gürtel Heidelandes; dann die höhere Ebene mit ihren Eichenwipfeln bis an die Hügel; dann auch die ewiggrünen Hügel, die Berge, der letzte schneeige Gipfel. Dann sanken die Wolken am Horizont herab, und deckten das Land zu, und wie wir von ihnen herauf höher und höher bis zu denen sahen, die über uns hoch in der Bläue schwebten, erhoben sie unsre Gedanken zugleich in den Himmel. Während uns so van Diemensland, das Land ohne Mißwachs, ohne Ueberschwemmung, in ewigem Ueberfluß, wie das Paradies untersank, stand Doctor Toland mit dem Capitain der Argo zurückgewandt und sprach: „Ein Land für tausend Städte und hunderttausend Dörfer! und hat nur zwei bis drei! Wenn man sieht, wie ich gesehen habe, daß aus Mördern und Räubern sich und andern nützliche Menschen werden, ja sittliche, welche durch Warnung und festen Sinn sogar ein besseres Geschlecht erziehen, als andere Eltern, die theils nicht wollen, theils nicht können, und selber gemächlich, gemächliche Menschen der Welt zum Glück oder Unglück überlassen, so dächt' ich: es wäre doch Schade, wenn man sie gehangen hätte, oder Andre, die thaten, wie sie, und wie ich. Der Mensch ist doch keine Maschine, die immer dasselbe thun muß, bis sie zerbricht. Der Todtschläger keine Guillotine; der falsches Banknotenmacher keine Kupferstichpresse; der Dieb kein Rabe, wie Patrik sagt, sondern es sind gerade die ärmsten unglücklichsten Menschen, die gleichsam in der sinkenden Wagschale der Fortuna stehen, damit die Andern oben schweben." — „Am Ende wird man noch jeden, der einen Frevel begangen hat, beklagen, trösten, beschenken und lieben sollen!" entgegnete ihm der Capitain. — „So ungefähr mein' ich's! versetzte Doctor Toland, und so meint es unseres Königs Majestät. Wie viele sind zuvor nur in 20 Jahren in England hingerichtet worden! wie viele in ganz Europa! — alle nach dem Gesetz, aber nicht durch das scharfe Gesetz, sondern durch *scharfe Richter*. Gewiß eine halbe Million Unglücklicher mit Weib und Kindern, welche, statt sich selbst ohne Nutzen und der Welt zum Gräuel — wenn sie ihn empfindet — zu Grunde gegangen zu sein, jetzt schon die hundert Städte van Diemenslandes mit einer Million ehrlicher Leute erfüllen würden! O! was ist den Völkern heilsamer, als die unbeschränkte, über allem Gesetze waltende Macht, die sie unbeschränkt *liebt!* Gott segne die Monarchen, die nicht am Historischen hängen, sondern an Gott, bloß an Gott." — Die Thräne, die ihm dabei im Auge stand, war gewiß Cleopatra's Perle werth, ja alle Perlen in allen Kronen.

„Ich will nicht nach Europa!" bat Lisanna, sich fest an mich schmiegend, und einen ängstlichen Blick nach Morgen richtend.

Ist Toland nicht auch aus Europa, und Er ist ja ein Menschenfreund, und dort sind ihrer noch viele, wenn sie auch nicht Toland heißen! tröstet' ich sie.

Und Lisanna sprach beschämt: und Du ja auch, Lambton und Sir Samuel, und die gute Russel! Gott segne sie! Und Du ziehst ja mit und Doctor Toland.

„Zieh nur hin, mein Kind," sagte er; „dort ist Alles prächtig, Alles spricht schön, dort sind Millionen Kirchen, die zum Ersticken voll sind alle Sonntage, und man betet dort das Vaterunser zu Dutzenden in einer Viertelstunde." —

Lisanna freute sich holdselig, und lächelte vor sich hin. Und ich, der ich mich schon vor englischer Rang- und Titelschaft genug zu fürchten hatte, sprach in mir leise: o selige Unwissenheit!

———

Steinkohlenwerk *Aloa*, in Südschottland,
den 1. Advent 1820.

Dießmal segelten wir nach Morgen, der Passatwinde wegen, in die Heimath. Zuerst um Südcap auf Tawai-Poenamu mit seiner Bergkette und dem Pic Egmont, frei, hoch und schön, wie — Egmont. Dann um Cap Horn. In Rio Janeiro, wo wir acht Tage lang gleichsam Mittag machten auf unserer Reise, war Elisa krank, aber nicht seekrank, sagte mir Doctor

Toland, nicht von Amphitrite, sondern von Aphrodito. Ach, ach! Ich war beständig um sie, und sahe auch hier wiederum nichts von allem Schönen — als Sie! Ach, und alles Andere konnt' ich vielleicht wiedersehen, immer sehen — Sie hatt' ich ja nur, so lange das Schiff uns trug! Ich wünschte, die Fahrt dauere ewig; ewig daure die Hoffnung, nach dem Vaterlande zu steuern, und nimmer anzukommen; wie man von bezauberten Schiffen erzählt, die endlos auf dem Ocean umhersteuern, voll Freunde, die nie sterben. Sonst hatten wir keine Beunruhigung als von den Ratten, für welche der Stewart, wie er sagte, eine *Lectüre* hinlegte, um daran zu lecken und einzuschlafen.

Aber was mußt' ich von Doctor Toland hören, dem Menschenfreunde! Der Capitain fragte ihn eines Tages, ob er in Hobarttown nichts von der Geschichte gehört, die sich in London zugetragen? von einem Doctor, Apotheker und wüthigen Hunde? Toland ließ sich erzählen, daß ein junges Weib von einem läufischen Mops leicht geritzt worden sei, und daß sich darauf selbst bedenkliche Folgen gezeigt. Der Doctor, ihr Mann, habe vergebens die bekannten Mittel dagegen angewandt, und daher den Wirth seines Hauses, einen Apotheker, um das Arcanum gebeten, weßwegen dieser eben mit der Regierung um eine große Leibrente in Unterhandlung gestanden. Der Apotheker habe es ihm zu geben verweigert, um es durch seine, dem Doctor leicht erkennliche Substanz nicht zu verrathen. Der Doctor habe an den Sheriff geschrieben, um den Apotheker zur Herausgabe des Mittels zwingen zu lassen. Dieser aber habe geantwortet: „das Gesetz kann keine sittliche Handlung gebieten, noch alle unsittlichen verbieten; Ihnen nach ist nur *das* Pflicht, was sie erzwingen können; unrecht und ungesetzlich ist daher zweierlei. Der Apotheker kann nicht gezwungen werden; auch kein Doctor." — Aber zwingen kann er! habe der Doctor gesagt, den Apotheker mit dem Mops in Ein Zimmer gesperrt, in welchem er ihn zur

Beobachtung aufbewahrt. Von dem nun auch verletzt, habe der Herr Apotheker endlich das Recept für sich und des Doctors Frau gemacht, es ihr selbst eingegeben, was ihm gleich hätte einfallen können, und Apotheker und Frau leben heute noch. Der Apotheker aber habe geklagt, und sei als „unschuldig" freigesprochen, der Doctor aber nach Hobarttown deportirt worden. — Haben Sie den Doctor nicht etwa gesehen? fragt er. „Der Doctor bin Ich!" sprach Toland lächelnd. Der Capitain und, wir Andern traten einen Schritt von ihm weg. Er aber sagte mit Nachdruck: „Nur aus Pflichten, die sich auf menschliche, körperliche und geistige Anlage gründen, kann das Haus ein Gesetz machen; und das soll das Haus aber auch. Sittliche Freiheit besteht darin, das Gute *nicht* thun zu können, Tugend darin, es zu *wollen*, und bürgerliche Freiheit darin, es thun zu *dürfen*. Aeußere und innere Gesetzgebung sind daher Eine und dieselbe, obgleich die äußere, das Gesetz, nur die bürgerlichen Pflichten des Menschen gegen seine Mitbürger in Betrachtung zieht und wägt. Aber die Sittlichkeit, die einzig göttliche Kraft der Religion, ist die Quelle *aller* Pflichten, auch derer, die ich im Gegensatz adlige trennen möchte; und jeder Gesetzgeber im Hause muß die Gesetze aus *ihr* herleiten, sie immer vor Augen und im Herzen haben, bei Beurtheilung und Unterlegung von Handlungen unter das Gesetz. Denn Sittlichkeit und Unsittlichkeit erscheint auch schon in äußeren Handlungen unverkennbar. Zu diesen äußeren, hülfreichen, mit Einem Worte, guten Handlungen muß auch das Haus zwingen können, auch schon als bloße gemeinschaftliche Sicherheitsanstalt. Denn es ist einerlei, jemanden ermorden, oder nicht das Leben retten. Der Hauptzweck des Hauses aber muß sein, eine sittliche Ordnung einzuführen; das ist Gottes Wille, darum Volkswille. Auch das Strafrecht nimmt sich ja schon die Freiheit, auf die Triebfedern zu wirken. Wer aber den Menschen in die Seele greift, der braucht ihnen nicht in den Arm zu greifen; wo die sittliche Ordnung herrscht, kann die bloß rechtliche, auch Kirchen-rechtliche aufhören, hört mit jedem Gebildeten auf, und hat bei Vielen schon aufgehört." — Der Capitain warf ein: „das Haus trägt aber nicht die Schuld, daß wir lieben Menschen noch nicht so gebildet sind, das Gute aus freiem Willen ohne Gesetz zu thun" — — „das Böse nicht ohne Strafe! wollen Sie sagen;" unterbrach ihn Doctor Toland. Der Capitain fuhr fort: „und wenn wir keine das Gute gebietende Gesetze haben, so liegt es daran, daß sie sich höchstens geben, lehren, verbreiten lassen; aber Sie wissen ja, es fehlt das eilfte Gebot, die *Kraft* und der *Zwang:* du sollst die zehn Gebote halten!" —

Ich, als von geistlichem Stande, der von dem Hause im Collegio Stipendien genossen, nahm aus Dankbarkeit nun das Haus in Schutz, und sprach endlich auch mit darein, also: das Gesetz, welches das Gute gebietet, ist da! es ist Religion! und da es eben so viele Geistliche, Pfarrherrn, Schullehrer und Vicare giebt, als Richter und Polizeimeister, für welche das Haus sorgt, und die geistlichen Rechte für die höchsten hält, so ist das Haus entschuldigt!

— „Ich entschuldige auch das Haus!" schloß Doctor Toland. „Nur daß es trennt, was es zusammennähen sollte, ist der Fehler. Die Religionsgesetze sollen die Staatsgesetze allein, und ganz allein sein, was man noch nicht einmal versucht hat! Das Haus soll nicht unterscheiden: Religion und Recht, sondern Wollen und Thun. Das Thun aber wenigstens muß gleich sittlich sein, und nicht nach dem Recht, dem todten Buchstaben des Gesetzes, sondern nach dem lebendigen Wort gerichtet werden, wie es aus ihm geboten ist. Wenn Einer von uns beiden nach Botanybai wandern mußte, so war es — der Apotheker! Dixi!" — Dabei kehrt' er sich um. Der Capitain raunte mir in's Ohr: er glaubt gewiß das Hosenband verdient zu haben für seinen Apothekerzwang! Der ist von der Pfahlwurzel der Radicalen! ein Unverbesserlicher, der glaubt, er denke und lebe recht.

— So Gott will! seufzte ich aus tiefer Brust. Wie Gott will!
—

Ich sah eben England! und konnte nichts als weinen, weil ich da meine Lisanna verlieren mußte! Wir segelten an der Küste hinauf bis an den Meerbusen von *Forth*, in den Hafen von *Aloa*. —

Im Gasthause schrieb Doctor Toland sogleich einen Brief an Sir Horazio, den Baronet, nach Rowlandhill; und ich überschickte heimlich Marion sogleich ihre 100 Pfund nebst Interessen 6 pro Ct. richtig, nur mit der Bitte, es Niemandem zu sagen, bis ich entschuldigt wäre in Aller Augen. Denn, daß man selbst eine Pflicht nachholt, giebt uns gerade den Schein einer Pflichtverletzung. Ich war freilich ein besserer Bote nach dem Tode, als nach Gelde, doch ein ehrlicher, der nur einen kleinen Abstecher von 18,000 Seemeilen gemacht. — Sir Horazio antwortete, daß er nach Aloa kommen würde, und bestimmte den Tag.

Je näher nun dieser rückte, je ängstlicher ward mir; ich hätte mich lieber in die Erde verborgen! Und so that ich auch wirklich. Denn als Elisa, Toland und ich, uns die ungeheuern Steinkohlengruben besahen, welche 2000 Fuß tief sich unter dem Schwalle des Meeres hinausziehen, faßt' ich den Entschluß, mich zur Ruhe zu setzen und Steinkohlen zu graben. Meine Schulmeisterstelle war besetzt; an andern Orten fehlten mir die Gönner; ich schämte mich vor allen Menschen, aber am meisten Sir Horazio und Lady Theano vor Augen zu treten, deren einzige Tochter ich so herabgewürdigt hatte. Aber hier unter der Erde und unter dem Meere zugleich, mein Schachtlicht vor der Brust, wußte ich nichts von der Welt und ihrem Geräusch und Treiben — nicht, ob über mir Schiffe fahren im Sonnenlicht oder im Mondenschein, ob der Donner rollt, Blitze ein Schiff zerschmettern, ob es sinkt und versinkt über meinem Kopf — mich kümmert es nicht, mich tritt es nicht — unwissend sing' ich mein Abendlied, und verdiene mir morgen es wieder zu singen! Ach, wäre ich nur eher hierher gegangen, als nach Hobarttown! Wie selig könnt' ich hier leben! — Doch war es hier noch am besten; ich ließ mich zu der Arbeit dingen und verschwand den Tag vor Sir Horazio's Ankunft. Denn die letzte Nacht fragte Elisa mich noch, so ganz im sorgenlosen Flusse des Gesprächs: „wie ich wohl würde einen Knaben nennen?" und ich sagte, nichts ahnend, und wie einen Spruch betend: „Er soll Aeneas heißen!" — bis mir die Frage auffiel, centnerschwer. Nun war kein Bleibens mehr! Ich schied selbst ohne Kuß von ihr — ohne mehr sie anzusehen. Das war ein Jammer! — Nun Gott segne Sie, Sie! für sich und mich, für Sir Samuel und die Russel! für Horazio und Theano, für die ganze Welt! — Das fleht' ich im Fortwanken und Weinen. Wo ich hinging, hatte ich auch dem Doctor Toland verschwiegen. Nur bat ich ihn, mir Nachricht zu geben von Lisanna, vom Ausgange der Schlacht des Weibes, wie Euripides sagt, — und ließ ihm meine Adresse. Denn eines Tages, als ich mit Lisanna die Stadt, ihre Glas-, Tauwerk- und Segeltuchfabriken und die Schneidemühlen besah, traf ich den alten Kleinhändler Oldham aus der Taverne im Hafen zu Portsmuth, hier an seinem Wohnorte wieder an. Er erkannte mich, führte uns in sein Haus, zeigte mich seiner Frau, und dankte mir, daß ich ihren Augen hätte geholfen, den Staar stechen! Ich verneinte das; er bejahte es und erklärte, daß ein geiziger Arzt es nicht habe umsonst, noch auch nur ein Auge um weniger Geld als seine Taxe, thun wollen; darum habe er die Häfen durchstrichen, wo die Matrosen gewöhnlich das Geld wegwerfen, um es nur los zu werden. — So waren meine Leidenthaler Freudenthaler geworden! Nun wußte Lisanna, was ich damals selbst nicht wußte. Diesem dankbaren alten Oldham entdeckt' ich nun auf sein Gewissen, wo ich zu finden sei; und an diesen wies ich den Doctor Toland, den

Menschenfreund, wenn er mir einmal schreiben wolle. Dazu lacht' er nur, und sagte: Wir müssen uns freilich trennen; wir werden Euch aber schon zu finden wissen! Gebt die Adresse! Gedenkt an Euere Zeilen von der Geduld, und kommt uns ja nicht nach! —

Das war doch gewiß keine Einladung, mit nach Rowlandhill zu gehen, noch Sir Horazio abzuwarten! Er zwingt ja sonst die Leute zum Guten, also muß es wohl etwas Böses sein, daß ich dort erscheine! Aber hat doch Elisa die große, wundervolle Gruft gesehn, worin Ihr Lambton sich selber beigesetzt! Doch ach, Ich lebe! und Sie unter dem Himmelsgewölbe ist für mich todt! Ich kann mich gar nicht mehr satt an dem Morgenstern sehen, wenn ich meine Nachtschicht abgefahren habe und hinaustrete unter das Firmament, und wenn Er mich noch immer ansieht, wie damals an Lisanna's Seite! Mstr. Oldham hatte ein Lied unter seinen Liedern „Der Morgenstern," das ich einsteckte. Das Lied spricht mir ordentlich aus dem Herzen, und das sollen die besten Lieder sein, die allen Leuten gleichsam aus dem Herzen sprechen und singen. Das Lied sing' ich dann in der Frühe:

Die Sterne thaten überaus geschäftig,
Sie regten sich, und hatten ihr Begehn,
Sie blinkten gar so silbern, frühlingskräftig;
Doch ach, wer hatte Zeit hinauf zu sehn?
An Ihrer treuen Brust so treu geborgen
    Verweilt' ich bei ihr, lang' und gern;
Drauf scheidend, brannte nur im Purpurmorgen
    Der Morgenstern.

Sind nun die Sterne wieder so geschäftig,
Da mein' ich, müßt' ich wieder zu ihr gehn!
Sie blinken ja so silbern, frühlingskräftig,
Doch ach, nun hab' ich Zeit hinauf zu sehn!
Die treue Brust, die mich so treu geborgen,
    Der holde Geist ist ewig fern!
Und weinend findet mich am Purpurmorgen
    Der Morgenstern.

Und thut der Stern so überaus geschäftig,
Und regt er sich, und hat er sein Begehn,
Da mein' ich holdgetrogen, liebekräftig:
Ich war bei ihr! ich habe sie gesehn! —
„Du hast sie jetzt gesehn!" so raunt's verborgen —
    Dann seh' ich Sie! und seh' so gern:
Sie ist's! das schöne Licht im Purpurmorgen:
    Der Morgenstern!

––––––

Steinkohlenwerk Aloa, am heiligen Dreikönigstage 1821.

Gestern brachte mir Mstr. Oldham einen Brief von Dr. Toland in den Schacht; und ich las ihn entfernt von den andern Arbeitern in einer Seitenhalle bei meinem einsamen Grubenlicht. Den Brief muß ich eintragen, und schreibe also Folgendes noch einmal selber an mich.

––––––

Schloß Rowlandhill, Neujahrstag 1821.

    Guter Lambton!

Ihr arbeitet in der Grube ohne Mond und Sterne, Ich unter dem hellen Himmel im Sonnenschein, und auch die Sterne fehlen nicht, auch nicht günstige. Mein Werk ist halb gethan. Doch vom Anfang ist anzufangen. Ihr wißt, Was ich sage, ist immer aufrichtig; aber ich sage nicht immer Alles. Das hab' ich mir an dem Krankenbett angewöhnt, wo die Anverwandten uns Doctoren beständig um das Prognostikon plagen. Auch Lisanna war krank, recht krank, als Ihr Euch uns entzogt. So stellte ich Ihr nun das Prognostikon: es werde so gut für Sie und Euch. „Wenn es nur gut für Ihn," seufzte sie, „bin ich zufrieden, und will leiden, meiden und schweigen." Das Recept, worin ich für ihre Sehnsucht, als Basis, ihr Vater und Mutter verschrieben, schlug vortrefflich an; das Adjuvans war ein Mann, und das Bindemittel der Fenchelzucker der „guten

150

Hoffnung." Also noch in Forth, auf, einem Spaziergange vor die Stadt, landeinwärts, begegnete ich Sir Horazio zu Pferde. Er war stark geritten, hielt seinen Hut in der Linken, und rieb sich mit dem gelbseidenen chinesischen Tuche die wenigen schwarzen Haare zusammen, und trocknete sich den Schweiß von seiner hohen Stirn. Daran schon erkannt' ich ihn, trat ihm in den Weg und sagte: „Ich bin Doctor Toland." — Er hielt, und erkannte mich, da ich früher sein Hausarzt gewesen war. Ich sagte ihm nun mündlich, daß Ich ihm seine Tochter, seine Elisa, die verlorne, wiederbringe. Er blinzte mit den Augen. „Wie wird sich meine Theano freuen — wenn es wahr ist!" war seine Freude: dann war er beinahe kalt, ernst, und ging sehr vorsichtig zu Werke, welches ein Rechtschaffener jedem gern gestatten kann. Zu uns eintretend, grüßte er nur leicht Lisanna, der ich Namen, Wohnort, Stand und Vermögen ihrer Eltern bisher alles verschwiegen hatte. Ich verzieh ihm den leichten Gruß, und Elisa dankte ihm nicht einmal, denn sie war eingeschlafen. Sie lehnte rückwärts mit dem Köpfchen an der Tapetenwand, und saß ihrem Vater gleichsam Probe. Während er erröthete, erblaßte, auf die Lippen biß, die Augen fest zudrückte, und warm und kalt anzufühlen war, legt' ich ihm Roßborn's Zeugniß und Aufnahme der Aussage der Russel vor. Er bezweifelte die Wahrheit ihrer Worte, ja er mochte wohl glauben, es sei dieselbe Russel nicht. Ich zeigte ihm das Bild unserer Russel, den schönen Kopf von Clarke gemalt, und die Treue und Aehnlichkeit desselben gestempelten Bildes mit der in der Rauchkammer krank gewordenen Russel, gleichfalls beglaubigt von Roßborn und Patrik. Horazio stieß ihr mit der Faust in's Gesicht, welches mit keinem Auge blinkte, keine Miene verzog, sondern ohne Furcht ihn ansah. So etwas macht Eindruck. — „Warum gestehst du jetzt erst, alter Satan!" redete er sie an, „da Theano dich umsonst beschworen, da ich Dir vielleicht Verzeihung ausgewirkt,

Dir noch 10,000 Pfund gegeben hätte, wenn Du meiner Theano ihr Kind wiedergabst!" — Wer ein Gespräch gern erlöschen sehen will, der darf nur nicht antworten; und so that die Russel. Dafür entgegnete Ich ihm: Glauben Sie einem Doctor, Sir Horazio, daß vor dem Tode mancher Menschen die Zunge Dinge verräth, welchen der Tod nur Strick und Schwert erspart. Der Mensch braucht dann Vergebung — und vergiebt. Er muß alles geraubte, unrecht erworbene Gut zurücklassen — und er giebt es von selbst wieder, um Ersatz zu leisten. Er hofft die Seinigen wiederzusehen, und erfreut beraubte Eltern mit den Ihrigen! Vieles, vieles, und grade das Schwerste, das Ungeheuerste kommt freilich niemals an die Sonne! und kein Mensch erfährt es! Das hab' ich auch gesehen in Krankheiten und Todeskämpfen; aber ich habe auch gesehen, daß sich die Menschen mit verborgener Sünde die Seele vergiften, daß gegen diese Aqua Toffana kein Mittel ist, und daß leider Viele, Viele daran sterben. — „Sie ist ja aber nicht gestorben! les' ich;" warf mir Sir Horazio ein. — In der Welt der Täuschungen gilt der Wahn für die Wahrheit; man macht auch Testamente auf den Todesfall — Schenkungen unter den Lebendigen; begegnet' ich ihm. Dabei hielt ich Sir Samuel's Bild in den Händen, dem er Elisa's Erziehung und sie selbst jetzt hauptsächlich zu danken habe. — Er that einen wunderlichen Blick darauf, und vor Zorn und Mitleid, Haß und Neigung traten ihm die Thränen in die Augen. Er deckte das daneben liegende Bild darauf, Lambton, es war das Eure! und als er Euch nun sah, tief er aus: „Eine schöne Gesellschaft Menschen! Das ist der reisesüchtige Thor, der, um seine Lust zu befriedigen, ein Mädchen um ihre Erbschaft, und dadurch um einen Mann gebracht, und sich um die Schule und meine Gunst; und nur auf Theano's wunderliche Fürbitte habe ich ihn nicht lassen in die Zeitung setzen, wie noch geschehen kann!" — Ihr seht, mein unschuldiger Lambton, es möchte also nur Ein Mittel geben, Euch wieder zu Eurer Stelle zu helfen; und Sir Samuel, wohlweise, und die vornehme Welt kennend, hat es mir vorgeschrieben. Das ist mir desto lieber; denn es schmeckt nicht ganz süß, und dauert mich einzugeben. Aber das Mittel, das anschlägt, ist dem Doctor unschätzbar, wenn er ein Menschenfreund ist, wie Ihr mich immer zu nennen beliebt. — „Viel Anstalten! viel Auslagen! klug ersonnen! aber die niedergelegte Summe ist auch nicht klein;" murmelte Sir Horazio. Ich machte die Thür auf, um ihn die Treppe hinunter zu werfen, und faßte ihn schon beim Kragen. Der Lärm erweckte Lisanna, und ein Blick auf sie ließ mich meine Hitze bereuen. Sie sprang auf, sie stand, sie kam auf uns zu und rief ängstlich: „Was beginnt Ihr?" — Sir Horazio sahe ihre Bewegung, ihren Wuchs, ihre Stellung und hörte ihre Stimme, ja grade diese Worte mit sichtbarem Erstaunen. Er nahm den Hut, schied übereilt, und sagte mir nur auf der Treppe: „Morgen nach London, Toland!" —

Und so geschah's. Dort erhielt Lisanna schöne Kleider, die sie noch einmal so schön machten. Auch als Doctor, und gerade als Doctor, der die Menschen alle für Stative, für nur überfleischte Todtengerippe ansieht, muß ich sagen: Der Putz ist wirklich kein leerer Schein! Der Häßliche mag sich schmücken und anziehen wie er will, der Schöne ist doch geputzt am schönsten, und schöner als er sonst selber! so wohlgeordnet jede Locke und jede Falte wohlgelegt! Und ist das Weib nicht immer so, kann sie doch immer wieder so schön sein — wenn sie sich *wieder* putzt. Ich sehe, der Putz ist den Frauen unentbehrlich, wenn sie Alles sein wollen, was sie können; und darum mag ihn keine entbehren, kein Mann ihn seiner Frau, kein Vater ihn seiner Tochter entbehren lassen. Kurz, Lambton, die vornehmen jungen Herren ritten und fuhren uns nach, selbst die Damen blieben stehen, und einige aus den 40,000 Jungfrauen riefen auch wohl bezaubert das „schöner Engel!" ihr zu. Denn, wenn auch Lady Theano das große Bild „die Präsentation" in Schloß Rowlandhill besitzt, so sind doch hin und wieder in London in reichen Häusern andere Gemälde desselben Meisters, zu welchem er das schöne, schöne Kind Elisa als Vorbild, oder Natur, wie die Maler sagen, benutzt, und sie als Engel hinein gemalt hat. Selbst mit der Krone, als das Kind, das Macbeth wahrsagt, hab' ich sie sehen im Kessel stecken, über dem Feuer und unter den Hexen in Dampf und Glut. Solche Bilder nun zu sehen, fuhren wir in der Stadt hin und wieder. Horazio verglich dann Farbe des Haares, Colorit, Oval des Gesichts, Braun der Augen, Gliederung der Hand, und was weiß ich Alles mit ihr, doch ohne daß es Lisanna bemerkte, die ihren Vater nicht erkannte, so wenig, als den Maler L . w . . . ce, und nur mit gefalteten Händen und befremdeten Blicken vor den rührenden köstlichen Gemälden stand; besonders vor einem, worauf sie als des verlornen Sohnes kleine Schwester ihm unter der Treppe heimlich ihre Feige zusteckt, wie dem Lambton manchmal Nektarinen; und vor dem andern, worauf sie als Engel im Felde den Hirten große Freude verkündigt! — In den Zwischentagen habe ich Eure Kisten alle verkauft, die ich mir hatte aus Forth nach London nachkommen lassen. Das kostbare Herbarium vivum, die Sämereien, die gottgemalten und im Feuer der Natur vergoldeten Conchylien, die Incrustationen von den Bergen, die Versteinerungen, Mineralien, Schiefer, Asbest, gediegenes Eisen, Carneole, Basalte, Bergkrystall, Chrysolith, Jaspis und Marmorarten — Alles ist fort! Ich bin zufrieden 3010 Pfund dafür bekommen zu haben, was Ihr in Eurer Unwissenheit Alles zusammen gerafft und womit Ihr Euch oft die Taschen entzwei geschleppt habt. Ich schicke Euch davon 10 Pfund zu Kleidern; mehr kann ich nicht entbehren; denn ich habe eine Speculation.

Den Ausschlag für Lisanna's Anerkennung gab endlich in der Christwoche ein Abendbesuch in Piccadilly bei den ausgestellten Spielsachen. Dieselben offenen Läden, dieselbe freundliche Alte, dieselben Spielsachen, diese ewigen Stereotypen der Natur für die ewige Kindheit auf Erden, da wunderlich und friedlich, schimmernd von Gold und Farben, lockend und schweigend beisammen, funkelnd in dem Glanz der Kerzen! Davor standen, an der Hand ihrer Mütter und Väter und Wärterinnen, die Kinder umher und erstaunten! Welches zusammengedrängte Leben! welche großen Gestalten, ja Riesen und riesenartig! denn sehen wir Großen in Wahrheit nicht Alles klein, selbst in sehr mäßiger Ferne? Sind wir nicht eigentlich die wahren Kinder? Indeß den noch mit der Täuschung der Ferne nicht bekannten im Natur-Scheine seligen Kindern erscheint ein Püppchen: ein wirklicher Mensch, ein Pferdchen: ein großes Pferd, ein Ziegenböckchen: ein hoher Bock, ein winziges Bäumchen: ein mächtiger Baum, ein Lämmchen: ein Lamm. O wie glücklich kann man die Kinder machen! glücklicher als sie je als — Menschen werden können. Ach, wer es kann, sollte es nicht versäumen, ihnen *Freude* zu machen, denn Freude ist des Lebens Kern, und sie klingt uns ewig nach aus der vergessenen Kindheit und giebt uns Kraft! Die ganze bunte Erde ist ihnen künftig keine Weihnachtsbude mehr! Aber jetzt, hier vor ihnen — Alles ist ihnen ja das, was sie sehen; es *bedeutet* es ihnen nicht bloß! es ist die Welt, ihre Welt, bequem, nahe, still, freundlich — und Alles ihr Eigenthum; Alles lebt, denn sie leihen ihm Leben in dem seligen Kindertraume. — Sollt' ich mich wundern, wenn auch das ärmste, frierende Kind mit den Händchen langte nach den bewunderten Schätzen, geliebt von ihm, wie dereinst die Welt! Hatt' ich nicht Lust zu weinen, wenn die arme Mutter, die ihm nur das Entzücken des Anstaunens hatte gewähren können, nun das weinende, schluchzende, zurück verlangende Kind forttrug, um nicht den Andern die Freude zu stören! Aber ich hatte nicht Zeit solchen zu kaufen, auch ist ihrer das Reich Gottes — ich hatte genug an Lisanna zu selten, die selbst, wie ein Kind vor dem Himmel der Kinder stand, an dem sie lieben gelernt, und es nun konnte, aber vergessen zu haben schien. Sie war wie verwandelt und starrte und hörte, und scheute sich, anzurühren. So stand sie in tiefen Gedanken, wie nachsinnend und dann vom Traum erwachend, immer röther und röther, wie eine Rose im Morgenschein. Jetzt war der Moment gekommen; Sir Horazio, der sie bisher an der Hand gehalten, ließ sie los, und entfernte sich aufmerksam. Und mit unbeschreiblicher Angst wandte sie sich um, und rief auf einmal laut: „Vater! Vater!" und trennte die Menge. Sie stand im Dunkeln abwärts allein, hielt die Hände vor das Gesicht und weinte bitterlich. Sir Horazio nahte sich ihr gerührt und überzeugt, und schloß das bewegte Kind in seine Arme. „Ja, Du bist es, Du bist Elisa, unsere Elisa," stöhnt' er, vom langen Verhalten der wachsenden Freude wie ermüdet. „Vater, Vater!" waren die letzten Worte, die in meine Seele durch die Dunkelheit drangen. „Vater, Vater!" die ersten, die mir wieder in die Seele dringen. „Sei willkommen, sei tausend Mal willkommen, unser theueres einziges, lange, lang' entbehrtes Kind! Wie wird sich Theano freuen!" rief er — und versank in sich selbst. „Der Thor, der Samuel!" sprach er, wie aus dem Traume. — Darauf war er wieder ernst, ja ernster als zuvor, und Lisanna, die an ihm hing, schien ihn zu belästigen.

Wie wir zu Hause im Zimmer auf- und abgingen, hatte Elisa schüchtern und kleinlaut in ihrem neuen Stand und Verhältniß, als Erbin einer schönen Baronie, sich in die Ecke, des Sofa's gedrückt und war gewiß voll Hoffnungen und Erinnerungen eingeschlafen. Sie sprach bald im Traume losgerissene, herausperlende Worte aus ihrer Seele, die wie ein klarer Quell bis in den tiefsten Grund aufgeregt worden war. Ein sehnliches „Lambton!" perlte herauf, und zerstob auf ihren halb geschlossenen Lippen, so, daß es nur wie *Lamm* klang. Dann rief sie hastig: „Mutter! — Mutter!" und innerlich weinte sie sehr, aber die Thränen flossen nur bis auf die halbe Wange. Wir traten theilnehmend und innig gerührt vor das liebe Kind, und sahen dem Schlafwandeln ihres Geistes in seiner stillen Werkstatt zu. Die Seele ist ja der Traum des Gehirns. Wie wir bald sie, bald uns ansahen, streckte sie die Arme aus, und rief, wie aus weiter Ferne: „Sir Samuel! — Sir Samuel!" — Der bange Laut ihrer Stimme, der Name selbst empörten Horazio. — „Ja, rufe nur Samuel! Samuel!" sprach er leise, aber desto schauerlicher; — „du weißt nicht, *Wen* du rufst! Das hat er angerichtet: die Eifersucht bestraft sich selbst! O daß sie auch nur sich quälte! Doch leider, ist's nicht so. Wir Alle haben gelitten; selbst die Armen, um die wir uns nicht kümmerten in unserer eigenen Angst! Es giebt Menschen, die aus Uebermaß ihres Glücks, vielleicht bei überwiegender Phantasie, die immer zur Wehmuth neigt, eine herzerquickende Freude, ein ihnen eigenes Entzücken darin finden, in Eifersucht zu schwelgen! In diesem süßen Gefühl versäuert sie endlich und wird Gift. Die Wahrheit hält sie für Lüge, Entschuldigung für Frechheit, nur ihren Schmerz und Wahn für wohlbegründet! Sonst hätte Sir Samuel nicht Theano für Desdemona gehalten — aber, o daß er es hätte! dann hätt' er nicht rasend zum Kopfkissen des Othello gegriffen! Da kauft' ich das göttliche Weib um jeden Preis ihm ab, Ihr Leben zu sichern und seines — meines verirrten Freundes! Aber die Scene hatte Zeugen herbeigerufen, das „was beginnt Ihr?" war erschollen, und obgleich Theano alles aufbot, ihn zu retten, und außer Besinnung vor den lächelnden Richtern bekannte, daß Er sie doch habe das Vaterunser beten lassen, was gerade gegen ihn zeugte, als sie bekannte, daß Elisa" — —

Da bewegte sich unsre Elisa schmerzlich im Schlafe, rang sich mit der Russel, jammerte laut, erwachte darüber, wie ein Kranker und — störte uns.

Doch weiter! Sir Horazio hatte beschlossen, Elisa seiner

Theano zum heiligen Christ zu bescheren; ja, sie sollte sich
selbst als der Engel ihr wieder bescheren. Dazu ließ er ihr
ein schneeweißes Gewand, große goldene Flügel, ein
Sternendiadem aus Juwelen, einen Gürtel und eine
künstliche duftende Lilie machen. Ich selbst ward zum
Knecht Ruprecht ausstaffirt, um auch dabei zu sein. Devisen
wurden gedruckt und in vergoldete Nüsse gesteckt;
Lisanna's Kinderkleidchen, welche ihr die Russel
mitgegeben, wurden noch einmal gewaschen, geplättet und
gefaltet; ihr Amulet an der Halskette ward in einem
goldenen Apfel verborgen, der bei'm Anfassen des Stieles
sich aufthat. Ehe dieß Alles fertig war, stellte mir Sir Horazio
die Anweisung der Prämie für die Wiederbringung der
Tochter aus — au porteur — und ich erhob 15 bis 16,000
Pfund mit Einer Hand, ja mit zwei Fingern. Bin ich nicht
ein starker Mann? Spart Eure Bewunderung, Seufzer und
Thränen! Denn nun reiseten wir nach Rowlandhill, und
trafen in der Dämmerung des heiligen Christabends dort
ein. Der Schnee flimmerte in blitzenden Sternchen vor den
Hügeln, Christbäume brannten in den Stuben, und die
Kinder jubelten um sie her. Wir sahen Licht im Schlosse.
„Das ist in Elisa's Zimmer!" sagte Sir Horazio. „Nur alle
heilige Christabende wird es geöffnet und betreten. Da steht
in der Mitte derselbe Christbaum! Da werden dieselben
Wachskerzen ein Viertelstündchen angezündet, die endlich
niedergebrannt, dieß Jahr, heut! kaum noch ihr letztes
Viertelstündchen leuchten; da stehen die Spielsachen umher
aufgeputzt, die das Kind erwarteten, das ich bringen sollte
und verlor. Da liegen die Puppen, wie weinend um sie, auf
dem Gesichte, und der Nußknacker macht sein erstauntes
Gesicht, und die Engel halten ihre Schrift über der
Erscheinung des Kindes: Gloria in Excelsis Deo! während
die Hirten niederfallen und anbeten, der Morgenstern über
dem Hause stehen bleibt, die heiligen Drei Könige
erscheinen, worunter der Mohrenkönig ist, und selbst

Oechslein und Eselein an der Krippe sich wundern. Nun: Gloria in Excelsis Deo!" rief er aus. In einiger Entfernung stiegen wir ab; ich trug meine Sachen, Sir Horazio Lisanna's, die wie im Traume wandelte. So schlichen wir in das Schloß, auf die Zimmer. Marion ward gerufen und bedeutet. Sie half Lisanna als Engel kleiden, mir half Sir Horazio in den Knecht Ruprecht fahren. Marion brachte Nachricht, Lady Theano sitze in Miß Elisa's Zimmer vor dem brennenden Christbaum, und träume: ihr Kind zu erwarten! Sie könne es nicht mehr ansehen!

„Da kommen wir recht!" flüsterte Horazio. So gingen wir. Elisa zitterte, daß sie fast die Bescherung aus den Händen verlor. So traten wir ein. Wir konnten uns nicht der Thränen enthalten, als Elisa in ihrem funkelnden Diadem, ihren goldenen, jetzt blitzenden Flügeln leise und schüchtern näher, und nahe vor ihre Mutter trat, und das arme Weib mit der Lilie an ihrer gesenkten Stirn berührte. Wir schauerten! Theano machte eine Bewegung aufzustehen; aber sie versank in sich, mit geschlossenen Augen, häufige Thränen vergießend. Der himmlische Gruß bebte Elisen von den Lippen! Sie bescherte ihr darauf eine Nuß nach der andern, so wie sie die darin enthaltene Devise gelesen, deren Inhalt die Mutter allmälig auf das Entzücken vorbereiten sollte.

„Nichts ist den Lebendigen verloren, als die Todten!" gab sie ihr zuerst in der goldenen Nuß. Dann in der silbernen:

„Eure Kinder sind auch Gottes Kinder!" und zuletzt in der grünen:

„Die Todten stehen nicht auf, aber die Verlorenen kehren wieder!"

Mein Gott! rief Theano, was willst Du? was sagst Du? Ach, ich habe ausgelernt zu hoffen! —

Ausgelernt? o Theano! — so kannst Du es ja! o hoffe! flüsterte Horazio ihr lächelnd und weinend zu. —

Da überreichte ihr Elisa den goldenen Apfel; Theano

nahm ihn an dem Stiel, er sprang auf, und sie zog das Halsband ihres Kindes halb daraus in die Höhe, und ließ Apfel und Halsband fallen, und die Aufgerichtete sank in den Sessel. —

„Bist Du ein Engel, daß Du mir diese Gaben wiederbringen kannst?" fragte sie Elisen mit halber Stimme.

Elise nickte, und bewegte doch gleich ihr Köpfchen wie zu einem: Nein! — Darauf legte sie ihr die Kinderkleidchen nach einander hin, auf die Kniee. Theano entfaltete sie, und hielt sie in die Höhe. „Meine Stickerei! meine Blumen — Elisa's Kleidchen" — sprach sie fast athemlos; „ach, was bringst Du mir Alles, Alles wieder; nur mein Kind, mein theures Kind nicht!" schluchzte sie erschüttert — darauf sahe sie Elisa groß an, und an dem Lächeln ihres Antlitzes zündete sich ein leises Lächeln im Antlitz der Mutter an, das in beiden schmolz, wuchs, sich verklärte bis zu himmlischer Freundlichkeit.

Da fragte die Mutter: „Wer bist Du?" und zog Blick, Haupt und Gestalt langsam zurück.

„Der Engel ist auch Dein Kind! Nimm sie wieder, Elisa! Gloria in Excelsis Deo!" rief Horazio seiner Theano zu.

Sie wollte die Hände ausbreiten, aber sie sanken, und regungslos blieb sie ihm in den Armen; Elisa, die schon halb vor der Mutter hingekniet, war ganz umgesunken — die goldenen Flügel knisterten, die Lilie lag am Boden, und Sie, wie ein Engel, wie eine Lilie, blaß und schön daneben. Die Lichter am Christbaume flackerten auf und verschwanden; die Helle des Himmels schien in das Zimmer; die Uhr schlug Neun und nach dem Schlage spielte sie ihr Lied.

Lambton, hab' ich je geweint, so war es da; und wenn die Worte meines Briefes verwischt sind, so ist es von den großen warmen Thränen, die darauf gefallen. Nun gehabt Euch wohl!

Dr. Toland."

Das las ich bei meinem Grubenlicht, und was Toland's Thränen nicht schon unleserlich gemacht hatten, das machten die meinen. Ich wußte in meiner Freude um Elisa, meiner Angst um mich kein Mittel, mich wohl zu gehaben als das: Ich langte meinen Trauschein aus der Tasche auf meiner Brust, entfaltete ihn und las ihn feierlich. Die Namen Lisanna und Roßborn, York, Crabbe und Patrik als Zeugen übten eine gewisse Kraft über mich aus, aber auch keine; und doch las ich immer ihn wieder, ohne mehr daran zu denken, bis mich die Andern anriefen mit hinaus zu kommen „in die Welt" wie sie sagen.

Ich wankte nur „in die Welt;" denn was sollt' ich darin? Sir Horazio's Ungunst hatte mir der gute Doctor mit klaren Worten geschrieben! der lange Daniel hatte Marion nicht geheirathet! — was noch geschehen konnte. — Doctor Toland selbst hatte meine Sammlung verkauft, und mir 10 Pfund davon geschickt. Nun Gott segne ihm das Andre! ich bin reichlich bezahlt. Die 15,000 Pfund hat er wohlverdient! Denn Er hat Lisanna zu Elisa gemacht, ihr Vater und Mutter, Hab und Gut gegeben! Wenn er nur nichts mehr schriebe! es macht mich nur preßhaft.

———

Schloß *Rowlandhill*, den letzten April 1821.

— Und doch erhielt ich am Sonntage Palmarum noch Folgendes von ihm.

„Guter Lambton!"

„Elisa läßt Euch heimlich und leise durch mich grüßen, und herzen und küssen! Sie herzet und küsset indessen ihr Kind — den kleinen Aeneas; denn so mußte es in der Taufe genannt werden, ich weiß nicht, warum. Um nun in dieser, für die Eltern und für Lisanna so kritischen Lage doch

Etwas zu sagen, hab ich gesagt: der Aeneas sei das Kind des Schulmeisters von Hobarttown. Das ist ja die bitterste Wahrheit! Lisanna, die unschuldige Seele begreift nicht, was das ihr auferlegte Verschweigen ihrer *Trauung* mit Euch *nun* wirkt! Denn sie ist rein und selig im Herzen! Da Sir Samuel's Absicht, die ich nur halb loben kann und muß, auf ihre Mutter und ihren Vater eindringlich und herzangreifend — durch den unbegreiflichen und unbegreiflich lieben kleinen Aeneas zu wirken, nun ganz erreicht ist, gestatte ich Euch, die Verwirrung im Hause zu lösen, wie Ihr wollt."

„Dr. *Toland*."

Wenige Zeilen, die aber zu vielen schweren Betrachtungen Anlaß gaben! Ich mochte mir ihren Inhalt gar nicht klar aus einander ziehen; wie an einer Baumwolle-Nuß daran gar nicht zupfen; ich brachte das schwellende Gespinnst nicht wieder hinein. So ließ ich die Nuß ganz unbezupft. Wenn ich nur Sir Horazio die Acte meiner Einwilligung zur Ehescheidung überreichte, so war damit Alles gethan: Elisa befreit von Verdacht und Last, Aeneas zum Erben von Rowlandhill eingesetzt! Und der arme Lambton hatte sich Sir Horazio und Lady Theano doch einen Augenblick als Schwiegersohn vorgestellt! — Ich verlor eigentlich nur Lisanna — nur! o Himmel! — nicht *Elisa*, die ich meines Wissens nicht geheirathet hatte. Ich bat um Verzeihung, so gut wie möglich, und war so gut wie zuvor. Ach Gott, wenn Lisanna nur auch noch so gut war, wie zuvor! Doch war sie ganz gewiß noch so gut, wie nur irgend möglich. — Und mußt' Ich auch das Kind nehmen, o wie nahm ich's so gern; und ein Strohhütchen im Sommer, ein warmes Röckchen im Winter, vielleicht doch einige Aepfel und Nüsse zum heiligen Christ, vielleicht sogar den alten Nußknacker dazu — hätten sie ja dem unschuldigen Kinde wohl auch zugedacht. „Victoria! Lambton," rief ich, „Du hast überwunden."

Für die Acte nun, für einen neuen recht sauberen Anzug von Kopf bis zu Füßen, für Miethe eines Pferdes bis Rowlandhill, gingen meine 10 Pfund fast gänzlich darauf. Und so ritt ich denn wirklich zum andern Ende von Rowlandhill hinein; von Morgen! wie ich nach Abend zu daraus weggeritten, grade so, wie ich den Kindern erzählt, daß es Dem so gehe, der rund um die Erde reiset. Es war auch Ostersonnabend, wie damals. Dieselben Wolken schienen noch am Himmel zu stehen, dieselben Lerchen über derselben Sat zu schwirren, dieselben Knospen an den Zweigen zu glänzen! Wie damals, stieg der Rauch, wie ein Brandopfer, in die Lüfte, derselbe gute Kuchengeruch duftete aus den Häusern; die wohlbekannten Glocken schlugen mir gleichsam an's Herz, und läuteten das Fest ein, und die Betglocke nahm gleichsam den Leuten die Mütze vom Kopfe. Auch mir. Ich hielt an, und betete lang' und still, und rief dann: „Soli Deo Gloria! für Alles, Alles, Freud' und Leid!" Dabei fielen mir die Engel ein, welche die Schrift über dem Präsepio in Elisa's Zimmer halten — und Elisa — und mein Kind! „O, ihr Engel!" betet' ich nun wieder fort, „schwebet auch so über der schönen menschlichen Mutter und dem lieben Menschenkinde, dem armen Lämmchen, dem kleinen Lambton! ach, so heißt er leider ja doch! Aber lasset Ihr ihm seinen Namen nicht schaden, er ist doch halbes Vollblut, und Euch verwandt durch Lisanna. Aber sehen muß ich den kleinen van Diemensländer, ja Hobarttowner doch Einmal, zum ersten und letzten Mal! und meine, meine Lisanna nur zum letzten Mal, und sollte mir das Herz darüber brechen. Und ist das gebrochen — was dann aus mir wird, gilt mir, wie billig, Alles gleich. Gefällt es mir nicht auf der Erde, so zieh' ich unter die Erde, und unter das Meer — nach Aloa; da hab' ich ja den Morgenstern! Oder zurück nach dem seligen van Diemensland, da hab' ich ja mein Kreuz! Und hätt' ich noch einen Wunsch — möchten sie die alte Anna zur Kindfrau nehmen! Kein Mensch wird das

Kind so lieb haben, so warten und pflegen wie sie; auch des Nachts warm zudecken; sie schläft ja wenig; und hört sie nichts, so spricht sie doch viel, das ist gerade für Kinder; und singen kann sie, daß man Gott dankt, wenn man schläft! So schläft auch der fromme Aeneas."

Im Gasthause, das neue Wirthsleute gemiethet hatten, die mich nicht kannten, bestellt' ich eine gute Mahlzeit, um nach gethaner Pflicht, nach zwanzig Wochen Pein endlich einmal froh zu essen. Ich ging indeß noch mit schwerem Herzen sogleich nach den Schlosse. Ein Diener sagte mir, die Herrschaften seien nicht gegenwärtig. So ging ich in den Park. Die Blumen glänzten, die Kirschbäume blühten, und sahen aus, als ob sie aus dem Winter weißbeschneit auf das grüne Gras, in die milde Luft verzaubert worden wären; und die Bienen surrten in voller Arbeit, und zogen sich kleine gelbe Honighosen an, wie zu den Feiertagen! Die Sonne war zum Abend gesunken; und wie ich am See entlang ging, blendete mich ihr Bild aus dem Wasser; die Hecken verbargen schon die Nachtigallen, und sie schlugen aus dem glänzenden Lorbergebüsch, und selbst der Kukuk rief von den schimmernden Lindenzweigen: ich bin wieder da! kukuk! kukuk! — Ein Mädchen, die im Grase mir leise entgegen kam, war nicht Lisanna; aber das Kind, welches sie durch Tritte im Kies nicht erwecken wollte, mußte der kleine Aeneas sein. Ich hielt sie an; ich war unglaublich keck und schlug den Schleier von dem Kinde zurück — es schlief! und schlief so sanft. Welches Entzücken — und welcher Gram! nicht einmal seine Augen sollt' ich sehen! Es sollte mich, seinen Vater, nicht sehen! Ich nahm das rosige Blüthenblatt, das auf des Kindes Stirn herabwehte, und hob es mir auf, als Reliquie, die mein Kind berührt, als Zeugen dieser Stunde. — Es mußte mir wohl sehr leid thun — denn die Wärterin fragte mich, was ich denn weine? Ach, seufzt' ich: „gerade so ein Kind hab' ich verloren!" und verschleierte es, um es nicht mehr zu sehen. — Armer Mann! sagte sie leis', und schlich leise, leise fort. — *Das* war nun überstanden! Auch ich schlich leise fort. Die Fenster eines Zimmers im untern Stockwerk des Schlosses standen offen, und wie ich mich unterfing, einen Blick im Vorübergehen hinein zu thun, trat Elisa in das Fenster, nahe, kaum sechs Schritt mir gegenüber. Ich stand, mich satt zu sehen und zitterte. Sie stand, sie sich — sie erblaßte, sie wankte zurück — sie war verschwunden! Ob sie die Hände ausgestreckt, oder nur erhoben? Ob sie die Lippen geöffnet, mir noch etwas zu sagen, und was? dem dacht' ich nach, als ich endlich wieder denken konnte, und schon fern war. Auch das war überstanden! So ging ich auf den nahen Kirchhof, wo meine Mutter ruhte, und suchte und fand ihr Grab, mit jungem Gras begrünt. Ich sagt' ihr, wie ein Träumender, daß ich glücklich wieder da sei! — so sagt' ich, aber empfand ich nicht. Ich gedachte ihres Wortes: wenn nur das Jahr noch um ist — dann — dann — dann! — „Was die Sterbenden uns sagen, trifft nicht immer ein!" geliebte Mutter, bemerkt' ich ihr — „doch daran bist Du nicht schuld! und Ich nicht schuld!"

Aber Ich wohl? — sagte eine Stimme hinter mir — und Doctor Toland reichte mit die Hand. Willkommen Lambton! Ich eilte Euch nach. Elisa ist außer sich, und schickt mich her. Spielt hier nicht lange den Geist, sondern laßt Euch sehen! Sir Samuel ist mit Capitain York gekommen. Er ist seit zwei Stunden hier, auch die Russel und Talo. Diese nun hab' ich schon gesprochen, sie sitzen mit Crabben bei seiner dicken Schwester in ihrem Laden „zur vergrößerten Käsemilbe." Sir Samuel ist ausgegangen. Was wollt Ihr nun thun? fragt' er mich.

Das! Doctor Toland antwortet' ich, und gab ihm die Acte. Er durchlief sie mit den Augen, und sagte, schlau mich ansehend: das ist der kürzeste Weg; doch übergebt Sir Horazio auch dieß Papier! Ich nahm es und steckt es unbesehen mit dem ersten wieder ein. Da sah ich Sir

Horazio und Lady Theano von weitem kommen, Arm in Arm. Er hatte keinen Degen, keinen Stock, und doch fürchtet' ich mich vor ihm. Dr. Toland eilte ihnen entgegen. Ich aber, aus Erfahrung wissend, daß man vor vornehmen Herrschaften nirgends sicherer ist, als im Gotteshause, ging in die Kirche, die, wie ich glaubte, eben zum Abendläuten offen stand. Aber ein neues großes Altarblatt — mit dessen Einfügung man eben erst zu Stande gekommen, denn es lagen noch übrige Stücke von dem breiten goldenen Rahmen auf dem Altar — zog meine Augen an, und ohne Mühe erkannte ich das Bild, welches mir Sir Samuel beschrieben, worauf er selbst als Hoherpriester oben auf den Stufen des Tempels das zu ihm hinansteigende Kind erwartet. Wahrscheinlich hatte es Lady Theano als Weihgeschenk für ihre wiedergefundene Tochter, zum Andenken der Kirche verehrt, und gerade zu morgen, zum ersten Ostertage. Aber der Mann, der, seitwärts an die Mauer gelehnt, dasselbe Bild betrachtete, wie es durch das gothische Fenster von der Abendsonne gewärmt und erleuchtet glänzte, war selber Sir Samuel! — Da hört' ich Tritte in der Halle; heut' hatte ich mich geirrt, denn Sir Horazio und Lady Theano traten in die Kirche, und kamen leise und langsam näher voll Betrachtung. Ein Gitterstuhl, vor dem der Taufstein stand, verbarg mich. Ich drückte das Gesicht in meine Hände, und lag so vorgebeugt, wie man das Vaterunser betet. Die Ohren klangen mir. Wie sich Lady Theano und Sir Samuel getroffen, wie begrüßt, was darauf Sir Horazio hinein gesprochen, das weiß ich nicht deutlich. Ich wagte später nur einen Blick, und sahe Sir Samuel vor Lady Theano knien, die laut weinte, und sich nicht fassen konnte. Nur die Worte vernahm ich jetzt von Horazio: — „und wenn es denn Menschen giebt, die nicht zufrieden mit dem, freilich nur einfachen, prunklosen Gefühl, gut zu sein, darin ein rasendes Vergnügen finden, zu sehen, *wie weit* sie der Tugend Hohn sprechen können, wie leicht das Weib —

166

das thörichte nur — zu bethören ist, muß denn der Freund den Freund zuerst betrügen? oder jemals! muß er, unklug selbst nach *seinem* Sinn, an dem sich vergehen, der ihm die Rache gewiß auf das Haupt schleudert? Und so gewaltsam kannt' ich Dich, meinen Freund, und war dein Freund, und bin dein Freund!" Er umarmte Sir Samuel heftig, drückt' ihn an die Brust; und sie weinten sich aus, wie zwei solche Männer weinen. Dann riß sich Sir Samuel los, und ging, seine Bewegung, seine Reue zu verbergen, hinter den Altar. Sir Horazio und Lady Theano sprachen kein Wort mit einander, als wären sie nun geschiedene Eheleute. Aber Sie ergriff zuerst wieder seine Hand und hielt sie fest. Horazio stand noch unbewegt, gewiß aus Freundschaft, voll beglückender Gedanken für Sir Samuel, bis er sein Weib ansah, die ihn mit weinenden Augen anblickte. Und sie drückten sich die Hände.

Jetzt waltete Vergebung in dem Hause, wo nur Vergebung und Liebe gepredigt wird — jetzt naht' ich mich. — „Lambton!" rief Sir Horazio mich verwundert an. — „Alle gute Geister!" rief Theano. Ich verneigte mich tief; überreichte Ihm die Acte, und trat zurück, sehr glücklich. — Aber was sprach er? „Also Rector!" sprach er, „seid Ihr, Lambton! die ganze Rectorei mit zehn Pfarreien baar bezahlt durch Toland, ist Euer Eigenthum! Ich wünsche Euch Glück, Herr Lambton, ohn' es zu begreifen. Ihr wart sonst immer ein braver Mann — bis auf den Einen Punkt! — Das schöne gothische Schloß, wie es steht und liegt, mit allen Gemälden, Antiken, und der Bibliothek," wandte er sich zu Theano; „doch der alte Rector ist ein braver Mann! er will seines Sohnes Schulden bezahlen, da er auf Lebenszeit verwiesen, sein Erbe nicht sein kann." — Ich dachte an Appelmannsborn, worin ich dem Herrn Sohne mein Compliment gemacht; ich erröthete über Toland, der die 18,000 Pfund in Summa, also für mich verwendet hatte; über Sir Samuel's Großmuth, der gewiß noch einmal so viel dazu gelegt, und über meinen Mißgriff. Ich streckte die linke Hand aus, und empfing die Verschreibungsacte der Rectorei, und gab ihm mit der Rechten nun die Acte, die ich meinte; aber nicht mehr so kleinmüthig! Ich war ja Rector! O wie schnell verwandelt sich des Menschen Herz! Sir Horazio überlas die Schrift, und ward feuerroth; er gab sie Lady Theano. Sie las, und kam auf mich zu, stand lange vor mir und bestaunte mich: „Was? Lambton! *Sie* also sind mit Elisa vermählt! vermählt? Das konnte sie verschweigen bei unserem Gram! so still wir auch das Schicksal hinnahmen, denn wir hatten ja unser Kind wieder! Ich war ja Großmutter! — Aber Lambton! ich bitte Euch!" — Doctor Toland, der indeß gekommen und zu uns getreten war, zupfte mich am Kleide, und sprach mir leise in's Ohr: „Aeneas macht Euch zum Anchises!" Das Antlitz Theano's glühte vor himmlischer Freude über die Reinheit ihrer Tochter! Gott segne sie! Doch stand sie wieder auf und biß auf die Lippen, und sah mich an. Da fand ich in meiner Angst endlich die, zum zweiten Mal um den Trauschein verfehlte, Ehescheidungsacte, und reichte sie Sir Horazio. — „Noch mehr?" rief er neugierig, und doch — nicht unwillig. Er überlas kaum den Anfang, als er schon sagte: „Das ist zu viel! doch geht das *mich* nicht an! Das hat Sir Samuel zu entscheiden! Da Er Euch aber *seine* Tochter gegeben, so wird Er sie Euch nicht zurücknehmen. Denn Elisa ist seine Tochter, lieber Toland! Die Eifersucht sieht, was nicht ist, und so sieht sie auch *nicht*, was wirklich *ist*. Aber wovon ihn nichts überzeugen konnte von Außen, das glaubt er nun, seit er uns vor wenigen Minuten — endlich einmal angehört mit lange unglücklichem Herzen, das doch des Adels und der Liebe bedarf, um zu leben. Und auch ich werde so glücklich, als es nun *meine* Theano wieder werden kann, nun wir *rein* vor ihm dastehen." — „Er glaubt wieder an Tugend, das heißt an Treue, also nur an Liebe; und so ist er glücklich, und Ich und Du!" sagte Theano. Mein Blick

168

wollte sich an Doctor Toland stärken; aber er selbst sah mich eben so überrascht an, wie ich ihn. Doch leichter gefaßt rief er Sir Samuel. Dieser kam. Er mußte schon um Alles wissen, denn er sahe mich lange an, dann Theano, die ihm zunickte. Darauf sprach er fest: „Es soll so bleiben! Ihr habt keine arme Schule mehr, Ihr habt eine reiche Rectorei, wie ich höre. Aber bleibt Lambton, der bescheidene, geduldige Lambton, der mein Kind so liebt, daß er selbst seine Liebe bezwingen wollte, wenn Sie nur glücklich ward — wie Ihr glaubtet! Aber lieber Lambton! Gebt dem Weibe Alles, und entzieht ihr die Liebe, so habt Ihr sie bettelarm gemacht! Ihr, braver Lambton, wart kein Deportirter, sondern ein Deputirter der Vorsehung. Ich würde mich noch mehr bedauern, wenn ich nicht gerade durch meinen Irrthum mein eigenes Kind um mich gehabt! Ja, daß ich glaubte, sie sei nicht mein, und der Engel könne doch mein sein, machte mir sie doppelt im Herzen lieb: ich hatte Sie! und noch dazu die *Sehnsucht* nach ihr, und in dieser auch die Liebe eines Vaters. Ich führte sie mir, ihrem Vater zu, als ich vermeinte, sie ihm zu *rauben!* Ich raubte sie mir, als ich glaubte sie ihm zuzusenden. Doch auch Lisanna beklag' ich nicht! Wenn eine Jungfrau so erzogen sein soll, daß sie den Mann glücklich macht; wenn sie selber glücklich ist, eine gute Mutter ihrer Kinder; wenn sie reine Freude *gewährt*, und die einfachen dauernden Freuden *genießt*, welche in uralten Tagen die Freuden seliger Menschengeschlechter waren: so preis' ich Elisa glücklich! Und Lambton! — was sagt mein Lambton dazu?" — Der sagte nichts, als lächelte und dachte an den Morgenstern und die Mutter im Himmel. Aber Lady Theano, deren erlittenen Harm er nicht berührte, wandte sich schonend aus Samuel's Anblick, stieg die Altarstufen hinauf und sah' in Gedanken und Thränen auf das Altarblatt. Da ging Sir Samuel zu ihr, ergriff ihre Hand und sprach: „es ist eine Wohlthat des Himmels, daß viele und verschiedene Menschen oft durch das Glück eines

Einzigen augesöhnt, vereinigt und beglückt werden. Diese Einzige ist uns Allen Elisa! Was sagt Ihr Alle dazu?" wandte er sich umher. — „Sie geben Dir Alle Recht!" erwiederte für uns Alle Horazio. — „Eine zarte Weise zu verzeihen! und die zarteste, die schönste!" sprach Doctor Toland, der Menschenfreund. — „Und was sagt mein Lambton?" wiederholte er. „Unser, unser Lambton!" verbesserten sie ihn freudig. Da kam Elisa athemlos in die Kirche, und trat unter uns. Sir Samuel aber streckte ihr die Hände von den Stufen entgegen, sie flog ihm zu, er schloß sie in seine Arme, *sie* schloß mich in die ihren. „Morgen, meine Kinder," rief uns jener zu, „zieht ihr in die Rectorei. Sie hat für Doctor Toland, sein Weib, seine Kinder, und für mich und Talo Raum. Auch die Russel soll dort wohnen! Sie gehört einmal zu Lisanna's altem Glück." „Auch Eure alte Anna wird ein Kämmerchen finden," tröstete mich Toland recht, der Menschenfreund.

„Heut', meine Kinder," sprach Lady Theano zu uns, dem neuverlobten Ehepaar, „müßt Ihr es Euch schon noch in Elisa's Kinderstube gefallen lassen, wo der Christbaum hängt, wo der Engel jedem sein Kind beschert!"

Lisanna zog mich fort. „Zum Kinde! zum Kinde!" rief sie. — Und dort bescherte der Engel mir nun auch mein Kind! und sich selbst! und immer wieder! Und ich las mit seligen Augen das:

Gloria in Excelsis Deo!

www.ingramcontent.com/pod-product-compliance
Lightning Source LLC
Chambersburg PA
CBHW020008030726
47500CB00002B/489